COMMENT TU TE SENS ?

SOPHIE KINSELLA

COMMENT TU TE SENS ?

Traduit de l'anglais (Royaume-Uni)
par Daphné Bernard

belfond

Titre original :
WHAT DOES IT FEEL LIKE?
publié par Bantam Press, une marque de Transworld Publishers, Londres

Retrouvez-nous sur :
Lisez : https://www.lisez.com/belfond/5
Facebook : www.facebook.com/belfond
Instagram : https://www.instagram.com/editionsbelfond/?hl=fr

Éditions Belfond,
92, avenue de France, 75013 Paris.
Pour le Canada,
Interforum Canada, Inc.,
1055, bd René-Lévesque-Est,
Bureau 1100,
Montréal, Québec, H2L 4S5.

ISBN : 978-2-7144-0469-5
Dépôt légal : juin 2025

Belfond | un département **place des éditeurs**

place
des
éditeurs

Pour Henry

AVANT

Comment écrire un livre

— Alors, dites-moi, qu'est-ce que ça fait d'écrire son septième livre ? demande la sympathique journaliste du magazine *Modern Woman*.

— C'est génial, ment Eve. Je suis vraiment ravie de travailler dessus et terriblement impatiente de voir la réaction de mes lecteurs et lectrices.

En fait, c'est un cauchemar. Un vrai casse-tête depuis des semaines. Je n'ai aucune idée de ce que je raconte. Tout me paraît incompréhensible, pour ne pas dire inutile. Je me demande pourquoi je continue à écrire.

— Pouvez-vous nous en dire plus ?

— Bien sûr. C'est l'histoire d'une famille, les Wilson, et ça se passe dans une grande maison à la campagne, durant l'entre-deux-guerres.

— C'est formidable !

— Merci beaucoup, répond Eve mollement.

— Vivement la sortie en librairie ! Et maintenant, une question que nos lectrices aimeraient vous poser : avez-vous des conseils à donner à une romancière débutante ?

— Oui, dit Eve qui, parce qu'elle avait déjà eu droit au moins vingt-cinq mille fois à cette question, avait depuis longtemps peaufiné sa réponse. Mon conseil ? Écrivez le livre que vous avez envie de lire. Imaginez-vous dans une librairie à la recherche du bouquin idéal. Celui que vous achèteriez sans hésiter. À quoi ressemble-t-il ? De quoi parle-t-il ? Dans quelle catégorie entre-t-il ? Eh bien, écrivez ce livre. Mais surtout, soyez sincère. Écrivez les choses de manière crédible. Il ne s'agit pas de faire de la non-fiction, non. Ce que je veux dire, c'est : parlez de la vie d'une façon vraie, quel que soit le genre de livre que vous avez choisi d'écrire.

— Un conseil très judicieux. Merci, Eve. Et pour terminer cette interview, j'aimerais que nous abordions un pan de votre vie personnelle. Étant mère de cinq enfants, comment trouvez-vous le temps d'écrire ?

— Mon mari est fantastique. Sans lui je n'y arriverais pas. Par exemple, aujourd'hui, il a emmené les enfants pique-niquer pour que je puisse travailler.

— Quel mari parfait !

— Il l'est. Nous formons une équipe. Notre vie est très remplie. Frénétique, même. Mais fonder une grande famille était notre souhait le plus cher.

— C'est le mot de la fin. Merci infiniment, conclut la journaliste. Et tous mes vœux de réussite pour votre nouveau livre.

— Merci à vous. Et bonne journée !

Eve pose le téléphone, se détend et pousse un grand soupir avant de regarder sans enthousiasme l'écran de son ordinateur.

Allez ! Retour au boulot. Eve est tranquille, aujourd'hui. Aucune excuse pour flemmarder. L'ennui, c'est qu'une fois le sujet du livre trouvé, elle a perdu tout entrain. Et pourtant, il y a encore près de huit mille mots à pondre.

Dans le fond ces crétins de Wilson ne m'intéressent plus, se dit-elle. *Je me fiche que M. Wilson ait perdu son job, que Harriet Wilson ait une histoire avec le garçon d'écurie, et même que l'Angleterre entre en guerre.*

Et si elle se préparait un café ? Non, mieux. Elle va aller s'installer dans un café et essayer de trouver l'inspiration.

Après avoir claqué la porte d'entrée derrière elle, elle se sent tout de suite mieux. Voilà ! Elle avait juste besoin de changer d'air. Elle descend la rue, réjouie par ce temps ensoleillé et à l'idée de passer devant des boutiques alléchantes. Elle est presque arrivée à Wimbledon Village, avec sa grande rue chic bordée de magasins haut de gamme et de cafés.

Oh my God !

Elle stoppe net devant une boutique où elle a ses habitudes. La vitrine est vide, à l'exception d'une robe présentée sur un mannequin. Rien qu'à la regarder, son cœur s'emballe.

Ce n'est pas n'importe quelle robe. C'est une sublimité de robe, une vision magique, en soie taupe rebrodée de paillettes argentées. Un modèle divin, avec ses fines bretelles en perles et sa toute petite traîne. Une tenue porte-bonheur. Qui va lui aller à la perfection. Il faut juste qu'elle l'essaie.

Elle a à peine franchi le seuil de la boutique qu'elle oublie les Wilson et leur grande demeure en mauvais état !

— L'essayer ? Bien sûr, dit la vendeuse en retirant la robe de la vitrine. C'est une création de la styliste britannique Jenny Packham. La dernière qui nous reste. Ravissante, hein ? C'est pour une occasion spéciale ?

Je perds la tête. Je vais la mettre quand, cette robe magnifique ? Je n'ai aucune fête de prévue.

Qu'importe ! Eve sait seulement qu'il faut absolument qu'elle l'essaie.

— Je n'ai pas d'occasion spéciale, répond-elle à la vendeuse. Je la trouve fabuleuse, c'est tout !

Une occasion va se présenter, c'est sûr et certain.

Quand elle se glisse dans la soie, elle sait tout de suite que c'est la bonne. Mais au moment où elle demande à la vendeuse de l'aider avec la fermeture Éclair, son portable sonne. Zut ! C'est Nick. Elle est censée travailler, pas essayer une robe dont elle n'a absolument pas besoin.

— Salut ! lance-t-elle en se rendant compte qu'il y a déjà une pointe de culpabilité dans sa voix.

La voix sonore et familière répond :

— Chérie, désolé de te déranger pendant que tu écris. Je voulais seulement savoir comment ça marchait et si tu voulais que je m'occupe des enfants un peu plus longtemps.

— Ne t'inquiète pas. Je suis… En fait, je suis sortie pour trouver de l'inspiration.

— Super ! s'écrie son mari, sans une once de méfiance.

Mal à l'aise, Eve pique un fard. En même temps, cette robe est tellement divine…

— Bon, je ne veux pas prendre plus de ton temps. Travaille bien. À tout à l'heure.

— Elle vous va à merveille ! s'exclame la vendeuse quand Eve sort de la cabine d'essayage. Il *faut* que vous trouviez une occasion pour la porter.

— Si on achète une robe, l'occasion se présentera forcément, réplique Eve. C'est mon credo.

— Alors, vous la prenez ?

— Je pense, oui. Vous pouvez remonter la fermeture Éclair, s'il vous plaît ?

Dès que la vendeuse s'exécute, Eve est certaine qu'elle va l'acheter. En même temps, elle se sent coupable. Acheter une robe ne figure certainement pas dans sa *to-do list* du jour. En fait, sa *to-do list* ne comporte qu'une ligne : « écrire mon livre ». Elle a une date de remise de texte toute proche, un éditeur qui trépigne d'impatience, sans oublier ses fidèles lectrices et lecteurs qui l'attendent.

Elle enlève la robe. Pendant que la vendeuse la plie dans des feuilles de papier de soie, Eve jette un coup d'œil à son portable pour évaluer l'avancée de son travail. Aucun mot ne trouve grâce à ses yeux. Elle affiche ensuite le relevé de sa carte Visa. Pas terrible non plus. Comment a-t-elle pu dépenser autant ? Elle fait défiler les lignes de haut en bas plusieurs fois, se demandant à quoi correspondent les 39 livres claquées chez Fortnum & Mason – elle ne met jamais les pieds dans ce grand magasin de luxe.

Tout à coup, elle a comme une révélation. Ses propres mots lui reviennent à l'esprit. Haut et fort.

Écrivez le livre que vous avez envie de lire. Soyez sincère. Parlez de la vie d'une façon vraie, quel que soit le genre de livre que vous avez choisi d'écrire.

Alors, quel livre aimerait-elle lire ? Quels domaines lui sont-ils familiers ? Quelles vérités sur la vie a-t-elle apprises au fil des années ?

Soudain, une toute nouvelle idée lui vient. Un sujet tellement excitant qu'elle ouvre instantanément un document sur son téléphone et commence à taper pour l'écrire noir sur blanc afin de ne pas l'oublier. Elle va suivre son propre conseil. Écrire sur des sujets qu'elle connaît. Écrire le livre qu'elle aimerait lire. Écrire sur ce que la vie lui a enseigné.

Salut, la grande dépensière !
par Eve Monroe

Chapitre 1

OK. Pas de panique ! En regardant son relevé de carte bancaire, Dora Delaney passe par toutes les étapes de l'affliction. Choc, colère, déni, et finalement – malgré elle – acceptation.

Ça pourrait être pire, pense-t-elle en contemplant son écran. Les dettes font partie des choses de la vie, comme l'art ou le taï-chi. Il faut accepter ce fait comme tel. Mais quand même, a-t-elle vraiment dépensé 99,50 livres chez Sephora ? C'est n'importe quoi ! Et ces 45 livres chez North Face ? Elle n'y va jamais. Elle perd la mémoire ou quoi ?

Peut-être quelqu'un lui a-t-il volé sa carte de crédit ?

Eve reprend son souffle et relit son texte avec plaisir. Il correspond mieux à ce qu'elle souhaite. *Écrivez sur des sujets que vous connaissez.* Un livre sur le shopping à Londres plutôt qu'une saga ennuyeuse dans une maison de campagne. Elle élabore déjà la suite : le découpage des chapitres, le style des dialogues, les passages comiques. Le livre va être amusant à écrire. *Amusant.* Elle meurt d'impatience de s'y mettre. Adieu ces crétins de Wilson, leurs tenues démodées et leurs manières mondaines. Elle veut écrire quelque chose de *réel* et d'*actuel.*

— Vous désirez un exemplaire de notre catalogue ? demande la vendeuse, qui attend stoïquement qu'Eve ait terminé.

— Pourquoi pas ? Merci.

Elle ressent une certitude. Son nouveau livre va marcher. Une occasion de porter cette robe à paillettes va forcément se présenter. Ce sera pour toujours sa robe porte-bonheur. Celle qu'elle portait quand elle a eu sa toute nouvelle idée de bouquin.

— Avez-vous besoin d'autre chose ? demande la vendeuse. Des chaussures ? Un châle ?

— Non, merci, fait Eve, la mine réjouie, en tendant sa carte de crédit. J'ai tout ce qu'il me faut.

Chère Eve,

Je vous remercie infiniment de m'avoir envoyé le manuscrit de Salut, la grande dépensière ! *Tout d'abord : bravo ! Quel changement ! J'adore cette comédie. Dora est tordante. Le livre colle à la fois à la réalité et à notre époque.*

J'ai fait lire le manuscrit à quelques membres de notre équipe éditoriale : ils sont tous aussi enthousiastes que moi. Une vraie réussite ! J'ai hâte de parler avec vous de la publication de ce livre formidable.
Encore toutes mes félicitations,

Camilla Gray
Éditrice

Chère Eve,

Je veux seulement me faire l'écho de ce que Camilla vous a écrit. J'adore le livre et suis impatiente de lancer la promotion. On va s'éclater. Ah ! et Camilla vient de m'apprendre que Disney avait mis une option sur le livre. Bravo ! Nous cherchons déjà un partenariat avec des boutiques de mode et pensons à un ou deux lancements originaux. Le magazine Country Woman *a demandé si vous accepteriez de figurer dans la rubrique « Mon mariage et moi ». Ce serait une interview sur votre vie de couple, par mail ou par téléphone, à votre convenance. Dites-moi si c'est d'accord pour vous.*

Encore bravo pour ce livre, et à un triomphe en librairie – et au cinéma !

Chloe Jarett
Directrice de la promotion

COUNTRY WOMAN

« MON MARIAGE ET MOI »

Eve Monroe est romancière, autrice de *Juste à temps*, *Jumelés*, sans oublier son livre à paraître, *Salut, la grande dépensière !* Avec Nick, son mari, ils ont cinq enfants : John, Leo, Arthur, Reggie et Isobel.

Comment avez-vous rencontré votre mari ?
C'était à une fête, alors que je venais de débarquer à Oxford. Nous ne sommes pas sortis ensemble tout de suite, seulement après quelques mois.

À quel moment êtes-vous tombée amoureuse ?
J'ai entendu Nick chanter à un concert et voilà, c'était réglé. Sa voix incroyable m'a époustouflée. Pas le choix : je *devais* le séduire. Je l'ai carrément poursuivi et j'ai fait en sorte de capter son intérêt. Depuis, nous ne nous sommes pas quittés.

Un mariage romantique ?
J'avais seulement vingt et un ans et j'étais super fleur bleue donc oui, nous avons eu un mariage romantique, avec

beaucoup de musique. J'ajoute que je portais une robe genre meringue géante.

Sa plus grande qualité ?
Son rire sonore et généreux. Il est mon premier lecteur. Quand il lit mon texte, je fais les cent pas à l'étage en dessous en espérant l'entendre rire.

La raison de vos disputes ?
L'encombrement. J'accumule beaucoup trop de trucs alors que Nick rêverait de vivre dans une maison quasiment vide.

Votre souhait pour l'avenir ?
Une longue vie heureuse ensemble.

Eve appuie sur « envoi » et l'interview disparaît, mais ses pensées et ses souvenirs lui restent en tête. Elle avait seulement dix-huit ans quand elle a rencontré Nick, elle venait d'arriver à Oxford. Le premier soir, elle est allée à une fête. Il était là, grand, intéressant, attirant. Elle l'a remarqué mais, dans l'excitation de son premier trimestre à l'université, elle a vite pensé à autre chose.

Jusqu'au concert de Pâques. Quand il a présenté la chanson qu'il allait interpréter, sa voix était déjà mélodieuse, mais lorsqu'il a commencé à chanter, c'était tout simplement de l'or pur. Une voix qui évoquait la lumière du soleil, la force, les paysages sauvages. Elle était sous le charme.

Peut-on deviner un caractère rien qu'à une voix ? Eve croit que c'est possible. Elle est sûre qu'elle a saisi la personnalité de Nick en l'écoutant chanter. Sa bonté, son honnêteté, son sens de l'humour, sa capacité à s'amuser. Tout, en fait.

Alors, elle s'est lancée dans une campagne de séduction. Elle se rendait à des fêtes, faisait en sorte de tomber sur lui par hasard, demandait un coup de main à ses amis.

Finalement, un soir, assise sur un canapé à côté de lui, elle s'est tant rapprochée de lui qu'il n'a pas eu d'autre choix que de l'embrasser. Et c'est comme ça qu'elle l'a conquis.

Aujourd'hui, elle veut entendre cette voix quand elle mourra.

Au sommet du monde

— Bon, une fois sur le tapis rouge, tu prends cette pose, conseille Brenda, l'attachée de presse d'Eve. Jambes croisées, main sur la hanche avec le coude sorti et menton relevé.

— D'accord, fait Eve en se regardant dans la glace.

Elle porte la robe à paillettes signée Jenny Packham – elle savait bien qu'elle en aurait besoin un jour. Des diamants étincellent à ses oreilles, prêtés par le joaillier Boodles. Un bracelet évalué à 80 000 livres orne son poignet. *Ne perds pas ce bracelet* : elle n'est pas sûre de pouvoir penser à autre chose pendant la soirée.

Alors qu'elle s'essaie à différentes poses, ses enfants déboulent dans sa chambre, tous impeccables et sur leur trente-et-un.

— Arthur a mangé tous les chocolats du minibar, annonce Leo.

— Toi aussi, réplique Arthur.

— Non, moi j'ai pris les friandises qui étaient sur l'oreiller, le contredit son frère. Tu ne les voulais pas.

— Si !

— OK, on arrête ! s'écrie Eve. Pas de disputes aujourd'hui. Au fait, vous êtes beaux comme des astres.

— Toi aussi, maman, dit John. Tu es hyper glamour.

Eve éclate de rire.

— Merci, mon chou. Je fais de mon mieux.

— La voiture nous attend en bas, déclare Brenda. Tout le monde est prêt ? On y va !

La voiture en question est une limousine noire. Tandis qu'ils s'engouffrent à l'intérieur, les exclamations ravies fusent.

— Il y a du Coca gratuit ! s'extasie Reggie en attrapant une canette.

Et Eve, qui d'habitude interdit les boissons gazeuses à ses enfants, se contente de sourire.

Lorsque la voiture arrive à Leicester Square, l'effervescence est déjà perceptible dans l'air. Projecteurs, foule de curieux, équipes de cameramen massés le long des rampes métalliques et, derrière eux, le tapis rouge. Autrement dit : le début de la route du succès. En regardant par la fenêtre, Eve repère Carrie Sanderson, la star du film, toute mince et ravissante dans sa tenue à paillettes vertes. Un sentiment d'excitation la saisit. Tout cela est bien réel !

— Eh bien, on y est ! lance-t-elle à l'intention de ses enfants ébahis.

Dès qu'ils sortent de la limousine, Brenda les conduit avec autorité vers le tapis rouge.

— Eve ! l'appelle l'actrice en se précipitant vers elle.

Elles s'étreignent sous les cliquètements des appareils photos.

C'est surréaliste, se dit Eve. *Je connais une star de cinéma.*

Elle s'est toujours sentie grande par rapport à la petite Carrie Sanderson. Ce soir, avec des talons hauts, elle a carrément l'impression d'être géante.

— On a réussi, dit Carrie en levant la main pour un *high five* vigoureux.

Et Eve se souvient des journées de tournage interminables, des longues soirées de travail, des prises de vue sans cesse recommencées, des dialogues réécrits à la hâte.

Cette fête, on l'a bien méritée, pense-t-elle. Mais attention, le boulot n'est pas terminé. Elle n'est pas là pour s'amuser, mais pour assurer la promotion du film.

Comme si elle lisait dans ses pensées, Brenda se matérialise à ses côtés.

— Prête pour la série de photos ? D'abord toi toute seule. Ensuite avec ta tribu. Et puis toi et Carrie. Et pour terminer, toutes les deux avec le producteur et le réalisateur. OK ?

Eve s'approche maladroitement du spot indiqué, essayant de se montrer à son avantage devant l'œil des caméras. En même temps, une vague d'incrédulité s'empare d'elle. Est-ce bien elle, Eve Monroe, qui se fait photographier sur le tapis rouge ? Son regard se pose sur la foule parquée derrière les barrières. Certaines personnes brandissent des livres pour qu'elle les signe. Elle entend son prénom, crié parmi d'autres. Drôle de sensation.

Les photographes l'appellent.

— Eve, par ici !

— Eve, venez vers moi !

Les flashs l'aveuglent. Elle s'efforce de conserver son maintien. Dommage de ne pas avoir répété davantage.

— Très bien, dit Brenda, maintenant, photo de famille. Les gens veulent te voir avec ton mari et vos cinq enfants.

Eve sait que son public s'intéresse à sa nichée. Cinq enfants. Une famille nombreuse, ce n'est pas courant, ces temps-ci. C'est un sujet de conversation. « Qu'est-ce que ça fait, d'avoir cinq enfants ? » lui demande-t-on souvent. Elle n'a que cette réponse : « C'est pareil que d'avoir un enfant mais multiplié par cinq. Cinq fois plus de travail, de soucis, de bonheur, d'amour. »

Alors qu'ils se rassemblent autour d'elle, Eve leur adresse un sourire encourageant.

— On fait comme si on était une famille normale, leur dit-elle, citant la phrase qui accompagne un dessin comique accroché à un mur de leur cuisine. Et toi, Reggie, pas de grimace idiote ou d'oreilles de lapin derrière la tête de tes frères. Tiens-toi droit et souris.

Les photographes recommencent leur manège.

— Par ici, les enfants. Eve, s'il vous plaît, tournez-vous à droite. Eve ! Eve !

Eve est fière de ses petits chéris. Les garçons en costume, Isobel dans sa jolie robe avec ses chaussures à boucles argentées. Sa petite dernière aura quelque chose à raconter à l'école pour le prochain exposé « Montre et raconte ».

— La chaîne ITN aimerait une ou deux minutes avec toi, lui murmure Brenda à l'oreille une fois la séance photo terminée. Viens par là.

Eve la suit vers une équipe de télé, toujours en essayant de se montrer sous son meilleur angle. Main sur la hanche, les jambes croisées, elle avance en crabe d'une démarche hésitante – mais comment font les actrices pour avoir l'air naturel ?

— Eve !

Micro à la main, une présentatrice blonde la salue.

— Je suis Antonia Horton, d'ITN. Quelle impression ça fait de voir son livre transformé en film produit par Hollywood ?

— C'est surréaliste. Et génial.

— Vous êtes contente du film ?

— Très. Carrie Sanderson est absolument hilarante.

— Vous avez assisté au tournage ?

— Oui, pendant plusieurs mois. Une expérience intense.

— J'imagine ! Je vois que vos enfants sont avec vous. Puis-je vous demander, Eve Monroe, romancière à succès, ce que ça fait de tout réussir ? Une carrière brillante, cinq enfants, et maintenant un film ?

Je me dis que c'est une chance, pense Eve. *Une super-hyper-über chance, de chaque instant.*

Bien sûr, elle travaille d'arrache-pied, tout en étant consciente d'être née sous une bonne étoile. Elle a de la chance d'avoir rencontré Nick. De la chance d'avoir eu facilement cinq enfants. De la chance d'être capable d'écrire, d'avoir eu l'idée de *Salut, la grande dépensière !*

Bravo, mon cher cerveau, se dit-elle, avant de répondre à la présentatrice :

— J'ai eu une chance incroyable. Presque trop pour une seule personne. J'attends le moment où la chance va tourner.

APRÈS

Qu'est-ce que vous sentez ?

Des mains s'approchent de son corps. Des mains, dans des gants de plastique bleu, montent et descendent le long de son bras.

— Qu'est-ce que vous sentez ? demande une voix désincarnée.

Elle est dans un lit. *Que se passe-t-il ?*

— Vous savez comment vous vous appelez ?

Elle essaie de se concentrer avant de fixer le visage tourné vers elle, celui d'une infirmière en blouse verte.

— Je m'appelle Eve Monroe, articule-t-elle d'un ton peu assuré.

Sa voix lui semble confuse et hésitante. Elle a mal à la tête. Quand elle lève la main pour se gratter le front, elle rencontre un pansement qui semble entourer tout son crâne. *Que se passe-t-il ?*

— Vous savez quel jour nous sommes ? reprend l'infirmière.

Elle hasarde, sans être sûre :

— Lundi ?

— Mercredi. Vous savez en quelle année nous sommes ? Et comment se nomme le Premier ministre ?

— Nous sommes en 2022 et le Premier ministre est…

Elle se creuse la cervelle, sans succès. Le Premier ministre. Le Premier ministre.

— Hugh Grant ! s'écrie-t-elle d'un ton triomphant, avant de se corriger. Non, c'était il y a des années. C'est une femme maintenant. Mais impossible de me souvenir de son nom.

— Le Premier ministre s'appelle Rishi Sunak, l'informe l'infirmière avec gentillesse.

Mais oui, bien sûr. Rishi Sunak.

— Et maintenant, pouvez-vous sentir mes mains passer sur vos jambes ?

— Oui.

— D'un seul côté ou des deux ?

— Des deux.

— Bien ! Pouvez-vous serrer ma main ?

— Oui.

— Et avec l'autre main ?

Docilement, Eve serre la main de l'infirmière.

— Pouvez-vous lever la jambe et la presser contre ma main ?

— Je crois, dit Eve qui soulève sa jambe en se demandant pourquoi elle pèse si lourd.

— Et l'autre ?… C'est bien. Vous avez de la force. Vous serez d'aplomb assez vite. Mais pas tout de suite. Pas tant que vous avez un cathéter.

— OK, fait Eve, qui ne comprend pas la raison de tous ces exercices.

Elle a un énorme trou de mémoire. Pourquoi est-elle là ? Qu'est-il arrivé ? A-t-elle eu un accident de voiture ?

— Je vous vois plus tard, dit l'infirmière. Vous mangez bien ?

— Elle mange très bien, fait une voix masculine. Mais elle semble assez confuse. Comme si elle avait perdu la mémoire.

Son mari. Nick.

— Ne vous inquiétez pas, le tranquillise l'infirmière. C'est un effet secondaire de courte durée. Signalez tout de même le problème au médecin, si ça continue. Mais elle devrait bientôt commencer à se rappeler les choses spontanément.

— Nick, je ne peux pas bouger ma tête, dit Eve d'une voix étranglée. Assieds-toi à un endroit où je peux te voir.

— Bien sûr, ma chérie.

Il s'installe au bout du lit. Eve se sent un peu plus détendue.

— J'ai été malade ?

— Oui. Tu as été opérée. Mais tu es en train de récupérer. Tu fais de grands progrès.

— Je croyais que Hugh Grant était le Premier ministre, dit Eve, bouleversée. Quelle bêtise de ma part ! Il est ministre des Affaires étrangères, je le sais bien !... Je plaisante !

Nick s'esclaffe.

— Tu as eu pas mal de problèmes. Ne te fais pas de souci.

— Quel genre d'opération j'ai eue ?

— On t'a retiré une grosseur dans le cerveau.

— Une grosseur ?

— Une grosseur assez importante. Tu l'as vue sur le scanner, tu te souviens ? Nous l'avons vue ensemble dans le cabinet du chirurgien.

— Non, dit Eve, je ne m'en souviens pas. Quand tu dis grosseur, ça veut dire…

La possibilité d'un autre mot la stoppe à mi-phrase.

— Tu veux dire tumeur ? reprend-elle.

— Oui, une tumeur. L'opération a duré huit heures mais le chirurgien a tout retiré. Et c'est une bonne nouvelle.

Eve a la gorge nouée, mais elle parvient à articuler :

— Quel genre de tumeur ?

Silence pesant. Puis Nick dit :

— Les résultats de l'analyse ne sont pas encore arrivés.

— Je comprends. C'est pour savoir si c'est…

Les mots dansent dans sa tête comme des images sur un économiseur d'écran. Des termes médicaux qui font frémir. *Bénin. Malin. Cancéreux.*

Mais Eve ne les prononce pas à haute voix. Elle est comme anesthésiée. Incapable de poser d'autres questions, de s'inquiéter, de réfléchir, de traiter l'information. Elle ne ressent rien.

On lui a retiré une grosseur au cerveau et l'opération a duré huit heures. Huit heures : comment est-ce possible ?

Elle essaie à nouveau de ressentir quelque chose. Toujours rien.

C'est le choc, se dit-elle. *Je suis sous le choc, ça doit être ça.*

Un joyeux *toc, toc !* se fait entendre. Et une nouvelle infirmière, cette fois en blouse bleue, pénètre dans la chambre.

— Je viens pour un test rapide, annonce-t-elle en passant sa main sur les bras d'Eve. Vous sentez ma main, ici ? Et là ? Et à cet endroit ? Bravo, vous êtes en bonne forme.

— Vraiment ? demande Eve, absurdement ravie de cette constatation.

— Oui, vous récupérez vraiment bien.

Elle répond aux stimulations physiques. Elle sent quand les infirmières lui chatouillent les bras, tapotent ses jambes, frottent ses mains. Mais elle ne réagit à rien de ce qui se passe dans sa tête, à rien de ce qui compte vraiment. Elle n'éprouve ni peur, ni angoisse, ni anxiété. Rien ne la touche sinon ces termes médicaux impersonnels qui continuent à flotter devant ses yeux malgré ses efforts pour les chasser.

Elle s'allonge et contemple le plafond blanc de l'hôpital tandis que les mots continuent leur ronde. *Bénin. Malin. Cancéreux.*

Peut-être qu'en se concentrant sur un mot, il peut devenir réalité. Peut-être qu'en le prononçant, on peut influencer le résultat. Comme on le ferait par une prière.

Bénin. Bénin. Bénin, implore-t-elle en rassemblant toutes ses forces mentales. *S'il vous plaît. S'il vous plaît. S'il vous plaît.*

Comment marcher avec un déambulateur

Que se passe-t-il ? Eve ne comprend rien.

Elle est debout, agrippée à une barre de métal. Sa tête tourne comme si elle avait avalé six margaritas. Quand elle se touche le front, sa main rencontre le moelleux d'un bandage. Pourquoi sa tête est-elle complètement recouverte d'un bandage ?

— On pousse l'appareil et on avance, ordonne une voix féminine sur sa gauche.

Eve essaie de tourner la tête mais elle a comme un étourdissement. Elle a peur de tomber.

Elle tient fermement la barre d'appui en se demandant ce qu'elle doit faire.

— J'ai le tournis, finit-elle par dire, sans savoir à qui elle s'adresse. Excusez-moi, mais qui êtes-vous ? J'ai des problèmes de mémoire.

— Je suis Yuliya, votre kinésithérapeute, répond une jeune femme qui vient d'apparaître devant elle. Nous sommes au milieu d'une séance de kiné. Vous vous en tirez très bien. Allez, essayez une fois encore d'avancer avec le déambulateur. Poussez le déambulateur et marchez. On pousse et on avance.

Rassemblant toute son énergie, Eve parvient à pousser l'appareil et à avancer. Ses jambes sont aussi lourdes que du plomb.

— J'ai arpenté le tapis rouge, dit-elle dans un flash de mémoire. Il y a des siècles. Sur de très hauts talons. C'était difficile, aussi.

Je faisais quoi, sur ce tapis rouge ? se demande-t-elle. *J'allais sans doute voir un film.*

— Eh bien, voilà, commente Yuliya. Vous arpenterez à nouveau le tapis rouge un jour. Pouvez-vous tourner la tête et regarder derrière vous ?

Eve s'efforce d'obéir, mais le mouvement lui provoque tout de suite un vertige. Un haut-le-cœur la saisit.

— Non, désolée. Je ne peux pas tourner la tête. Qu'est-ce qui ne va pas, chez moi ? Pourquoi j'ai cette réaction ? Ma mémoire me joue des tours.

— Vous avez subi une opération du cerveau, récemment. Vous vous en souvenez ?

Eve panique.

— Non. Pourquoi cette opération ?

— On vous a retiré une tumeur. Avec succès. Maintenant, vous êtes dans la phase de convalescence. Vous allez marcher de mieux en mieux et retrouver votre équilibre. Soyez optimiste ! OK ?

— OK, répète docilement Eve.

Oui, être optimiste est dans ses capacités.

— Nouvel exercice : en tenant mes mains, vous allez tâcher de marcher sans le déambulateur. Pied gauche, pied droit. On avance. Très bien. Continuez.

— Je ne peux pas, dit Eve en serrant les dents. J'ai vraiment le tournis. J'ai l'impression que je vais tomber.

— Ne vous inquiétez pas, je vous tiens. Mais nous sommes peut-être allées trop vite. Vous allez revenir au déambulateur. Vous vous sentez fatiguée ? Pensez au tapis rouge. Allez, on pousse l'appareil et on avance, on pousse et on avance.

Pour Eve, c'est comme tirer deux sacs de charbon sur le sol. C'est quoi, le problème avec ses jambes ?

— On arrête l'exercice. Pouvez-vous lâcher le déambulateur ?

— Quoi ? Me tenir debout ? Toute seule ?

Cela lui paraît impossible. Impensable. Elle retire une main de la barre d'appui mais n'ose pas bouger l'autre, de peur de s'écrouler.

Un souvenir lui revient tout d'un coup. Ses enfants, tout petits, en train d'apprendre à marcher avec un trotteur en bois rempli de cubes. Une autre pensée lui traverse l'esprit. Où sont ses enfants ?

— Les enfants, s'affole-t-elle en saisissant de nouveau la barre d'appui.

— Les enfants ? fait Yuliya.

— J'ai cinq enfants. Où sont-ils ?

Elle a la même sensation qu'autrefois dans les supermarchés, quand un des enfants échappait à sa surveillance. Elle imaginait un kidnapping, les pires scénarios. Mais ce ne sont plus des petits. Ils ont… Quel âge ont-ils, au fait ? *Allez, Eve, tu le sais.*

John, l'aîné, a vingt et un ans. Oui. Et Isobel, la plus jeune, en a dix.

Elle se souvient de l'âge de ses enfants mais elle ne comprend toujours pas pourquoi elle se trouve dans un couloir d'hôpital en train de réapprendre à marcher. Sa vie lui semble fracturée, comme les fragments d'image d'un kaléidoscope.

— Ils vont bien et ils t'embrassent.

C'est la voix de Nick, mais elle ne peut pas se tourner vers lui.

— S'il te plaît, mets-toi en face de moi.

Voir le visage souriant et si familier de son mari lui fait monter les larmes aux yeux. A-t-il toujours été présent ?

— Je suis à l'hôpital, indique-t-elle, histoire de préciser les faits. Et j'ai eu une tumeur au cerveau.

— C'est vrai. Tu es à l'hôpital et tu as eu une tumeur au cerveau. Mais on l'a retirée.

— Les enfants ont le droit de me rendre visite ?

— Ils sont venus. Tu ne te rappelles pas ?

Eve a la sensation de devenir folle.

— Si, ment-elle. Évidemment que je m'en souviens. Impossible d'oublier leur visite.

Elle croise le regard de Nick : il n'a pas l'air dupe.

— Je ne peux pas marcher. C'est dingue ! lance-t-elle.

— Mais si ! Tu fais des progrès incroyables.

— Tu parles de progrès ! s'écrie-t-elle, essayant de cacher sa consternation.

— Tu vas de mieux en mieux, insiste Nick, qui vient l'enlacer. Tu es beaucoup plus vigoureuse.

— Ce n'est pas une course de vitesse, c'est un marathon, intervient Yuliya. Vous faites des progrès tous les jours. Bravo !

— C'est comme quand tu écris tes livres, dit Nick. Tu procèdes chapitre par chapitre, petit à petit.

Ses livres. Cette pensée la saisit avec la force d'un tsunami. Elle écrit des livres. Tous ces mots, ces titres de chapitre, ces corrections, ces best-sellers. Mais oui ! Ça lui semble un miracle.

— J'écris des livres ? énonce Eve à haute voix, d'un ton interrogateur, comme si cette réalité venait de lui revenir en mémoire. J'écris des livres, j'ai eu une tumeur au cerveau et je marche avec un déambulateur.

— C'est ça ! dit Nick en riant.

— OK !

Un instant, Eve s'efforce de se calmer. Les larmes montent à nouveau, mais elle est déterminée à ne pas les laisser couler. Elle est là où elle est, aussi bizarre que cela paraisse. Et il y a une seule façon d'en sortir. Une seule option. Avec une énergie renouvelée, elle pousse le déambulateur de quelques centimètres sur le sol en lino puis lance l'une après l'autre ses jambes dans un semblant de marche.

— On pousse et on avance, indique-t-elle d'une voix enrouée. On pousse et on avance. On pousse et on avance.

WHATSAPP

Groupe de soutien d'Eve

Coucou Nick, un petit mot pour te dire
que les enfants ont passé une bonne journée aujourd'hui.
Nous avons fait un puzzle tous ensemble
et préparé des scones.
Toute mon affection à Eve et à toi bien sûr.
Bises
Marjorie

Salut Nick ! Quelles nouvelles d'Eve ? Je suis ravie
de recevoir Isobel, Reggie et Arthur ce week-end.
C'est super. Les filles sont enchantées d'avoir leurs cousins
à la maison. Est-ce qu'ils aiment les lasagnes ?
Mille pensées pour tous les deux.
Baisers
Imogen

Bonjour Nick, je suis en train de faire des recherches sur les tumeurs au cerveau et te fais suivre quelques articles qui peuvent t'intéresser. Je serais heureuse d'être présente aux prochains rendez-vous médicaux si Eve est encore trop fragile. Mes trois enfants ont créé des cartes postales pour Eve. Je les mets tout de suite au courrier. Toute la famille vous embrasse fort.
Ginnie

Les promeneurs

Tandis qu'ils marchent dans la rue, Eve s'accroche au bras de Nick. Elle se sent faible. Ses jambes pèsent une tonne et tremblent. Mais c'est à cause de son séjour à l'hôpital. Oui. Pour un problème en rapport avec sa tête. Elle a subi une opération. C'est ça. Tout lui revient. Sa tête était bandée. Et lourde. Elle avait l'impression qu'elle ne lui appartenait pas, qu'elle avait été remplacée par la tête en métal d'un robot.

En dehors de ça, elle va bien – n'est-ce pas ?

Sa mémoire est toujours fluctuante. Une chose, nichée dans un coin de son esprit, la tracasse, une chose qui pourrait être importante, mais quoi ?

— Bravo, mon chou ! lui crie un ouvrier sur un chantier. Tu marches mieux tous les jours.

— Comment il sait ? s'étonne-t-elle. On est déjà passés par là ?

— Plusieurs fois, répond Nick en lui étreignant la main. Il a raison, ce type, tu récupères des forces. Tu ne te rappelles pas être sortie pour marcher ?

— Pas vraiment. Mais si je réfléchis à fond...

Alors qu'ils progressent lentement, quelques flocons de neige viennent atterrir sur leur visage.

— De la neige ! s'exclame Eve. Quel jour on est ?

— On est le 20 décembre.

Eve s'arrête brusquement.

— Presque Noël ! Noël ! Il faut acheter des cadeaux. Les enfants ont fait leur liste ? Où sont-ils, d'ailleurs ? panique-t-elle.

— Chez ta mère. Les cadeaux sont achetés et emballés, détaille Nick. Ils ont fait leur liste et nous avons passé les commandes tous les deux ensemble sur l'iPad. Tu étais dans ton lit.

Eve a beau se remuer les méninges, c'est le blanc total.

— Ah oui ? Je ne m'en souviens pas.

— Aucune importance. Ne t'inquiète pas. Noël va être super. Tu seras à la maison.

— À la maison !

Elle veut lui demander depuis quand elle est rentrée, mais un drôle de son l'en empêche. Un bruit dans sa tête qu'elle n'aime pas du tout.

— Ça va, mon cœur ? demande Nick alors qu'Eve s'arrête de marcher.

— Ma tête fait *tic-tac*, Nick. C'est vraiment bizarre. On dirait qu'un réveil électrique est installé dans mon crâne.

— C'est ton cerveau qui se remet en marche, la rassure-t-il. Tu as déjà entendu ce bruit. Nous en avons parlé au médecin. C'est habituel après une opération du cerveau.

Eve grimace.

— Ça fait peur.

— Oui, mais ne te fais pas de souci. Au fait, j'ai eu ta mère au téléphone. Elle t'embrasse et espère que ta convalescence se passe au mieux.

Il fait une pause et reprend :

— Tu sais que tu n'as pas été bien ?

— Bien sûr ! dit-elle aussi fermement qu'elle le peut – cette conversation l'horripile.

Eve essaie toutes sortes de tactiques pour retrouver la mémoire, mais ses efforts sont vains. Qu'est-il arrivé ? Son cerveau dysfonctionne. Pour tout dire, il se montre parfaitement incompétent. Ça ne lui ressemble pas.

— Tu te rappelles les paroles du cantique de Noël *Venez tous, fidèles* ? Nous l'avons chanté hier en marchant.

— Bien sûr, s'amuse Eve en commençant à fredonner : *Venez tous, fidèles... Longue vie à notre noble roi.* Non, attends ! Je me trompe ! C'est dans *God Save the King*.

— Pas grave, ma chérie. C'est seulement un cantique. Je voulais savoir si tu te souvenais des paroles.

— Bon sang, s'énerve Eve, je suis quand même encore capable de ça.

Elle rassemble toutes ses forces et commence :

— *Venez tous, fidèles... Gloire à la naissance du nouveau roi...* C'est ça, ou pas ?

— Fais une pause, mon cœur. Ne te force pas trop. Ce n'est pas important.

— Mais je veux me *rappeler*, se désespère Eve. Quel est le problème ? Jamais je...

Des souvenirs envahissent soudain son cerveau et elle s'interrompt brusquement.

— Mon Dieu ! J'ai utilisé un déambulateur ? demande-t-elle, horrifiée par cette idée.

— Oui, pendant un moment.

Eve reste silencieuse. Tout lui revient lentement. L'énorme effort pour pousser le déambulateur. La voix de la kinésithérapeute pendant qu'elle se force à avancer. Ses bras tremblant sous la difficulté. Sa tête engourdie qui refuse de croire qu'elle, Eve, si sportive et habituée aux talons hauts, a besoin d'un *déambulateur* pour marcher.

— Je me souviens. Et je me souviens de la fois où je suis tombée.

D'autres images lui reviennent. NE TOMBEZ PAS ! APPELEZ ! *Appelez*. Elle revoit la phrase inscrite au feutre sur des morceaux de papier collés sur les murs de sa chambre. Sa chambre d'hôpital.

Et elle se souvient des infirmières. Des repas. De la large douche avec son bouton d'appel en plastique rouge. Du chariot de médicaments. Elle comprend qu'elle est restée à l'hôpital un moment.

— *Ne tombez pas ! Appelez !* lance-t-elle.

Nick émet un petit rire.

— Ah oui ! Il fallait te le répéter tout le temps. Tu oubliais sans cesse que tu ne pouvais pas marcher.

— J'ai lâché le déambulateur parce que je pensais pouvoir aller dans la salle de bains toute seule, dit Eve, qui se rappelle soudain l'incident. Du coup, j'ai récolté un horrible bleu sur le bras.

— Effectivement. Les infirmières étaient inquiètes. J'ai eu la permission de te ramener à la maison seulement parce que j'ai promis de te surveiller de près. Elles ne te font pas confiance.

Eve rit, contente d'avoir une raison de plaisanter, même à ses dépens.

— Mais maintenant, je suis capable de marcher.

— Oui, tu as réappris. Et tu t'en sors très bien.

— J'ai subi une opération, n'est-ce pas ? dit-elle en tentant d'avoir l'air sûre d'elle.

— Oui. Et tout s'est bien déroulé. C'est le point positif. *Sauf qu'il y a plein d'autres points qui sont loin d'être positifs*, pense-t-il. *Mais tu n'as pas posé de questions à ce sujet. Pas encore.*

Tandis qu'ils s'approchent bras dessus, bras dessous du coin de la rue, ils entonnent une version approximative d'un chant de Noël et éclatent de rire à chaque erreur. Même si elle se régale de ce petit intermède musical, Eve peine à se concentrer sur les paroles. Elle n'arrive pas à s'en souvenir. En plus, il y a cette impression dérangeante qui persiste. Qu'est-ce que c'est ? Drôle de sensation. Ça ressemble à un puzzle avec une pièce manquante.

— Nick, demande-t-elle en interrompant son interprétation de *Douce nuit*.

— Oui ?

— Qu'est-ce que j'ai, exactement ?

Pendant une longue minute, Nick dévisage sa femme, incapable de prononcer un mot. Ce moment arrive souvent. Un terrible, impossible moment. Il se produit chaque fois plus tôt. Les yeux d'Eve s'agrandissent davantage, son incompréhension paraît plus profonde.

Tu souffres d'un cancer incurable, ma belle Eve. Mais tu oublies. Je dois te le rappeler, et je ne connais rien de plus difficile au monde.

Il va lui dire la vérité, comme chaque fois qu'ils marchent ensemble. Il fera face au choc qu'elle éprouvera, comme chaque fois qu'ils marchent ensemble. Il affrontera ses questions, ses larmes, sa peur, ses craintes en ce qui concerne les enfants, chacun des enfants.

Mais pas tout de suite. Laisse-moi quelques minutes, pense Nick. *Laisse-moi quelques minutes d'innocence.*

— Avant d'aborder ce sujet, que dirais-tu de chanter *Ô petite ville de Bethléem* ? Tu t'en souviens ?

— Il *faut* que je m'en souvienne.

Eve prend une inspiration et commence :

— *Ô petite ville de Bethléem… Les étoiles silencieuses…* Non, je me trompe. J'ai une idée. Tu vas m'imprimer toutes les paroles des chants de Noël et je vais les apprendre pour être prête le 24 décembre.

— Excellente suggestion. Je vais faire ça.

Ces paroles, il les lui a déjà données au moins trois fois, mais, découragée, elle les a jetées depuis son lit d'hôpital, se plaignant qu'elle était incapable de les retenir.

— Bon, on marche sans chanter ?

— D'accord.

Entourés de flocons de neige, ils continuent donc leur promenade, bras dessus, bras dessous. De temps en temps, il la contemple et elle lui sourit. Ses yeux ont à nouveau une expression vague. Nick devine que les pensées de sa femme sont en train de s'éparpiller, mais ses pas sont fermes. À cet instant précis, pendant ce moment magique, il peut presque imaginer que tout va bien.

Cher papa,

Granny m'a permis d'utiliser son mail. Question :
je peux m'acheter une nouvelle trousse ?
Maman me manque. Elle rentre quand à la maison ?
Bisous, Bisous, Bisous.
Izzy

Tu dois te souvenir de ça

— Tu veux déjeuner ?

Eve, toute somnolente, ouvre les yeux et voit son mari assis au bout d'un lit d'hôpital dans lequel elle semble être couchée.

— Tu te réveilles ? Tu as faim ?

Essayant de reprendre ses esprits, Eve regarde autour d'elle. Son regard s'arrête sur un tableau blanc où il est inscrit :

Nous sommes jeudi
L'infirmière de service s'appelle Suzi
Objectif du jour : passer une bonne journée
Et souvenez-vous : NE TOMBEZ PAS *!* APPELEZ *!*

L'hôpital. Elle est à l'hôpital.
On l'a opérée. Oui. C'est ça.

Elle aperçoit une série de cartes de bon rétablissement sur le plateau de sa table. Elle en attrape une. Sa fille, Izzy, dix ans, son bébé, l'a fabriquée et peinte avec son incomparable goût artistique. *Récupère vite, maman !* est écrit avec soin à l'intérieur, suivi par *Tu me manques. Je t'aime. Izzy.*

Le cœur d'Eve se serre. Quand a-t-elle vu ses enfants pour la dernière fois ? Elle a l'impression que c'était il y a longtemps. Des semaines. Des années.

Où sont-ils, en ce moment ?

Les pensées et les questions se bousculent dans sa tête. On dirait que son cerveau est un ordinateur qui se remet en route après un long arrêt.

Ne tombez pas ! Appelez !

C'est parce qu'elle n'arrête pas de tomber. Son bras est orné d'un énorme bleu.

Elle regarde sa main. Une canule entre dans sa veine, maintenue par un ruban adhésif. *Pour les stéroïdes*, pense-t-elle automatiquement. Minute ! Les stéroïdes ?

— Où sont les enfants ? dit-elle d'une voix rauque.

— Ta mère s'occupe d'eux.

— Je suis à l'hôpital depuis longtemps ?

— Un bon moment.

Sa tête est lourde. Lourde et bizarre. Son visage tire. Comme si sa peau avait été tendue.

Elle aperçoit un matelas une place posé dans un coin de la pièce. Un tee-shirt bleu qu'elle reconnaît est plié sur l'oreiller.

— Nick, tu as dormi ici ?

— Je ne t'ai pas quittée.

— Tu es vraiment resté tout le temps ?

— Je n'allais pas te laisser, espèce d'idiote, plaisante-t-il en lui pressant la main. Et les enfants vont bien. De toute évidence, ils s'éclatent avec ta mère.

— Tant mieux !

Elle porte sa main à sa tête mais ne rencontre que son bandage.

— J'ai l'air de quoi ?

— Va te regarder dans le miroir de la salle de bains, dit Nick. Tu veux que je t'aide ?

Eve s'appuie avec gratitude sur son bras.

— *Oh, mon Dieu !*

Un bandage entoure entièrement sa tête. Son visage est cireux et bouffi. Si la paire d'yeux qui la fixent avec étonnement ne lui était pas aussi familière, elle ne se reconnaîtrait pas.

Un fragment de souvenir se fraie un chemin dans son esprit.

— J'ai subi une opération du cerveau, articule-t-elle lentement. Nous avons vu le médecin et examiné ensemble le scanner sur son ordinateur. Ça me revient, maintenant.

— Tu te souviens de tout ça ? demande Nick, ravi. Ta mémoire est peut-être en train de s'améliorer. C'est vrai, nous avons vu ton chirurgien et parlé de l'intervention. Un grand succès. Tu te rappelles ?

— J'étais dans un fauteuil roulant.

— Tu en avais besoin, oui. Et tu te souviens de la visite des enfants ?

— Non. Attends, si ! Isobel m'a donné ce petit lapin en peluche qui est sur ma table de chevet. Je me demandais ce qu'il faisait là.

— Elle l'a choisi elle-même. Elle a dit : « Maman ne peut pas rester à l'hôpital sans un doudou. » Alors nous sommes allés faire du shopping « spécial doudou ».

Eve fait une bise au petit lapin avant de le poser bien en évidence sur sa couette.

— Eve, dit Nick avec un visage sérieux, tu te souviens de ce que t'a dit le médecin pendant ce rendez-vous ?

— Il m'a enlevé une tumeur.

Tout d'un coup, la vérité lui tombe dessus, avec la violence d'une barre de fer s'écrasant au sol.

— Et il a dit qu'elle pouvait être cancéreuse.

— Oui.

Après un long silence, Nick reprend la parole.

— Eve, mon amour, il faut que je te dise. La tumeur a été analysée. Elle *est* cancéreuse.

— D'accord.

Des larmes brûlantes jaillissent de ses yeux avant qu'elle n'ait pu les arrêter. Elle respire fort, fait tout pour se reprendre. *Bon, c'est un cancer. D'accord. Terrible nouvelle ! Mais pas question de s'apitoyer sur mon sort. Non, pas question.*

— Très bien, j'ai un cancer. C'est comme ça. On va me soigner comment ? Avec une chimiothérapie ? Une radiothérapie ? Ou un autre traitement ?

— Tu vas avoir les deux.

Nouveau choc. Comme si une voiture l'avait heurtée.

Cancer. Elle a un cancer. Et puis, dans les secondes qui suivent, sa nature optimiste reprend le dessus.

— Bref ! dit-elle crânement. Plein de gens ont un cancer. Ce n'est pas la fin du monde. Aujourd'hui, on guérit le cancer.

— Oui, on en guérit beaucoup.

L'expression bizarre de Nick alerte Eve. Un affreux tremblement intérieur s'empare d'elle. Elle voudrait poser la question cruciale. Elle voudrait savoir. Et pourtant, quelque chose en elle s'y refuse.

Finalement, elle choisit une autre approche.

— J'ai quel genre de cancer ? Il porte un nom ?

— Tu as eu un glioblastome stade 4. La tumeur a été entièrement retirée. Il y a donc l'espoir qu'elle ne repousse pas, grâce à la chimiothérapie et à la radiothérapie. Tu commences les traitements après Noël.

— Un glioblastome stade 4, répète Eve avec précaution.

Il lui semble avoir déjà entendu ces mots.

— Tu m'as déjà dit tout ça ?

— Plusieurs fois. Mais aujourd'hui, tu as l'air plus réceptive. Cette fois, tu vas peut-être te souvenir de cette conversation.

— Toc ! Toc ! Je suis l'ergothérapeute.

Une femme dynamique en uniforme brun entre en souriant à Eve.

— Bonjour. Je suis Maureen. Nous nous sommes déjà vues mais je sais que votre mémoire à court terme vous joue des tours.

— Je vous laisse, annonce Nick. On continuera cette conversation plus tard. Je vais prendre un café et passer quelques coups de téléphone. Ça va aller, mon cœur ?

— Ne vous inquiétez pas, répond Maureen. Faites ce que vous avez à faire. Tout va bien se passer.

Pendant la demi-heure suivante, Eve obéit aux consignes de l'ergothérapeute, ce qui lui demande une concentration totale. Elle marche, tourne, essaie sans succès de se tenir sur une jambe, elle va dans la salle de bains, sort dans le couloir en tenant le bras de Maureen et se prépare toute seule une tasse de thé.

— Bravo, la félicite Maureen à la fin de la séance. Vos progrès sont impressionnants. Vous allez bientôt pouvoir quitter l'hôpital.

Elle écrit quelques mots sur son bloc-notes et s'en va.

Eve est seule.

Elle a un cancer. C'est surréaliste.

— J'ai un cancer, dit-elle à haute voix, pour voir de quoi ça a l'air.

Ça a l'air invraisemblable.

Elle ouvre son iPad et va sur le navigateur. Lentement, elle tape : *Glioblastome stade 4.*

En quelques secondes, les résultats de la recherche s'affichent. Elle clique et lit. Puis clique sur une autre page et lit. Elle clique encore et lit, lit, lit, essayant sans succès de trouver une réponse différente, se refusant à croire ce qu'elle lit.

Un cancer rare, incurable...

... la forme la plus agressive du cancer du cerveau...

... virulent et mortel...

... malheureusement sans traitement...

... de mauvais pronostic...

... mortel...

... malgré un traitement incluant chirurgie, chimiothérapie et radiothérapie, le glioblastome récidive pratiquement toujours...

... seuls 25 % des patients survivent plus d'un an...

... espérance de vie moyenne : entre 12 et 18 mois...

... espérance de vie moyenne des adultes
après diagnostic : 14 mois...

Eve est prise de faiblesse. Elle a l'impression de tomber dans un puits sans fond. Elle ne peut pas mourir dans quatorze mois. Elle a cinq enfants. Isobel a besoin d'elle : elle a seulement dix ans.

Les larmes coulent sur ses joues alors qu'elle fixe l'écran de son iPad. Savait-elle déjà ce qu'elle vient de lire ? Avait-elle zappé ces informations ? Comment peut-on oublier ce genre de choses ?

Elle est terrifiée, mais elle doit être courageuse. Optimiste.

Mais quand même, quatorze mois ! Et c'est la moyenne. Est-ce qu'elle entre dans cette moyenne ? Où se situe-t-elle ? Au-dessus ? En dessous ?

Complètement paniquée, elle saisit son portable et envoie un SMS à son mari :

J'ai googlé glioblastome.

Immédiatement, comme s'il attendait son message, Nick répond :

J'arrive, ma chérie.

Good job !

La spécialiste en thérapie cognitive s'appelle Connie. Aujourd'hui, Eve s'en souvient, ce qui en soi constitue un triomphe.

— Bonjour, Connie, dit-elle, désireuse de montrer qu'elle mémorise bien les prénoms. Comment allez-vous ?

— Je vais bien, merci, répond la dénommée Connie, une Américaine énergique et sympathique aux cheveux roux coupés court. Et vous ?

Question délicate, pense Eve. Dire la vérité ? Ou donner une version atténuée ? La vérité : « Si vous voulez tout savoir, j'ai un cancer incurable. » La version atténuée : « Aujourd'hui, je vais bien mais, vu mes troubles cognitifs, j'ai besoin d'une thérapie spéciale. »

Finalement, elle opte pour une banalité qui colle avec l'entrain de Connie.

— Tout va, merci !

— Tant mieux ! Pour commencer la séance, je vais vous montrer différentes images. Vous allez me dire ce qu'elles évoquent et à quoi les objets représentés servent.

Elle ouvre un classeur et met sous les yeux d'Eve le dessin d'un objet. Eve le reconnaît mais elle est incapable de le nommer.

— Décrivez l'objet le mieux possible, lui souffle Connie.

Eve contemple le schéma avec frustration.

— C'est… euh… On le porte et il a des manches et…

L'inspiration lui fait défaut.

— Et comment s'appelle cet objet ?

— Un sac ?

— Une chemise, la corrige gentiment Connie.

— Une chemise, répète Eve. C'est ce que je pensais. Une chemise. On la porte.

— Oui. *Good job !* Et maintenant, cet objet ?

Facile. Eve répond promptement :

— C'est une chaise. On l'utilise pour s'asseoir.

— Bravo ! s'emballe Connie comme si Eve venait de découvrir la physique quantique. Et celui-ci ?

— Un crayon, lance Eve, enchantée. On dessine et on écrit avec.

— Parfait ! Et celui-là ?

Eve regarde l'image, ahurie.

— C'est un… un… un appareil.

Elle a l'impression d'avoir extirpé le mot de la masse de boue qui encombre son cerveau.

— Un appareil pour la température. Non, pour mesurer. Oui, pour donner les mesures, conclut-elle, consternée par ses propres mots.

— C'est un sextant, explique gentiment Connie.

Un sextant ? A-t-elle jamais su ce qu'était un sextant ?

— Et cette image ? reprend Connie après avoir tourné la page.

— Un cheval, répond Eve après hésitation, ayant une fois encore l'impression d'extraire les mots d'une profondeur sombre. Et il porte quelque chose sur ses yeux. Des trucs pour couvrir les yeux.

— Vous savez le nom de ces « trucs » ?

Eve reste silencieuse. Non, elle ne connaît pas le nom. D'ailleurs, là encore, l'a-t-elle jamais su ?

— Vous savez que je suis romancière ? demande-t-elle, en désespoir de cause. Je connais la signification des mots, sinon je ne gagnerais pas ma vie.

— Vous avez fait de grands progrès. Ne vous flagellez pas. Vous venez de traverser un mauvais moment. Alors, pour le nom de cet objet, vous abandonnez ? Jetez-y encore un coup d'œil !

— Quelque chose qui a un rapport avec les chevaux. C'est tout ce qui me vient à l'esprit.

— Des œillères, dit Connie.

— Des œillères, c'est ça.

Je suis diplômée de l'université d'Oxford, département de philosophie, politique et économie. Et aujourd'hui les mots se désintègrent dans ma tête. À moins que le chirurgien ne les ait enlevés par erreur.

— On va faire des exercices de dessin, propose Connie en tendant une feuille de papier et un crayon à Eve.

Elle ouvre un autre classeur, rouge celui-là. Eve le reconnaît : il est plein de croquis angoissants qu'elle est censée reproduire. Elle n'a jamais été bonne en dessin et maintenant, ça dépasse tout ce qu'on pourrait imaginer.

— Pouvez-vous dessiner cette forme ?

Cette forme ? Énorme et intimidante avec des zigzags et des volutes partout ?

Elle saisit le crayon d'une main tremblante, pas même sûre d'être capable de tracer une ligne droite. Elle a préparé ses enfants en vue des tests d'évaluation non verbaux que les bonnes écoles secondaires font passer avant inscription. Elle devrait savoir s'y prendre, mais la seule idée de tirer un simple trait lui paraît redoutable.

— Faites de votre mieux, l'encourage Connie.

Eve commence à dessiner mais s'avère incapable de contrôler le crayon. Il tangue et vacille sur la feuille. Le résultat est maladroit et brouillon.

— *Good job !* s'écrie Connie, comme si Eve venait de dessiner *La Joconde*. On essaie autre chose ? Écrivez votre nom.

Eve est sûre et certaine d'être capable d'écrire son nom. C'est la force de l'esprit sur la matière.

Mais ses lettres sont mal formées et de taille inégale, comme tracées par un petit enfant.

— J'ai dédicacé des livres, dit-elle d'une voix sourde. Plein de livres. Des milliers de livres, à toute vitesse. Et aujourd'hui je ne suis pas fichue d'écrire mon propre nom.

— Soyez gentille avec vous-même. Vous travaillez si bien que je vais vous pousser un petit peu. Redessinez la forme, cette fois de mémoire. Voilà une autre feuille de papier.

De mémoire ?

Eve contemple la feuille avec terreur. Il y avait une volute et un zigzag : c'est tout ce dont elle peut se souvenir.

Avec effort, elle dessine une volute, un zigzag et plusieurs lignes droites au hasard.

— *Good job !* s'exclame Connie.

— J'ai réussi ?

— Pas vraiment, concède Connie en montrant à Eve le dessin original, qui ne ressemble en rien à sa tentative. Mais certains éléments sont exacts. Vous faites de vrais progrès. Fini, le dessin. Passons aux blocs.

Le cœur d'Eve se serre. Non, pas les blocs ! Sa perception de l'espace n'a jamais été bonne. Et ces exercices avec des cubes sont à chaque fois un échec total.

— Pouvez-vous construire un grand triangle avec ces blocs triangulaires ? demande Connie.

— Je peux toujours essayer, dit Eve, déjà certaine qu'elle ne va pas y arriver.

Elle en est venue à détester ces blocs en plastique. Si seulement ils pouvaient être interdits ! Mais cette thérapie fait partie de son programme : c'est son devoir d'essayer sans cesse et d'échouer sous les applaudissements de Connie. Ces blocs colorés et brillants vont la narguer tout en s'obstinant à ne pas former la figure géométrique demandée.

Qu'est-ce que mes enfants penseraient, se dit-elle, *s'ils me voyaient, en nage, en train de batailler pour composer un triangle avec des blocs ?*

WHATSAPP
Groupe de soutien d'Eve

Bon retour à la maison, mon Eve chérie ! Et bonnes retrouvailles avec les enfants qui n'attendent que ça.
Gros baisers
Maman

Bon retour chez toi ! Je t'envoie mille bises affectueuses et j'attends avec impatience samedi pour te rendre visite.
Ginnie

Bon retour à la maison ! J'ai hâte de te voir.
En attendant, repose-toi bien et fais-toi chouchouter !
Imogen

Je n'ai pas vraiment besoin d'aide

Bonjour, Helen, je suis contente de faire votre connaissance. Entrez, je vous en prie. Voilà la cuisine, ici c'est le salon et là une chambre. Je n'ai pas vraiment besoin d'aide, mais mon mari est en voyage d'affaires et il se fait du souci pour moi.

Oui, j'ai subi une opération. En ce moment, je suis soignée par chimiothérapie et radiothérapie. Je dois me souvenir de prendre mes médicaments à l'heure dite, c'est le plus important. En dehors de ça, je vais bien. Je n'ai pas vraiment besoin d'aide.

Mon mari est très protecteur et, pour être honnête, je trouve qu'il en fait un peu trop. Votre travail sera facile car je n'ai pas vraiment besoin d'aide. Mais c'est sympa d'avoir de la compagnie.

Oui, tout a commencé avant Noël. Au début, je perdais l'équilibre et je n'arrêtais pas de tomber. J'ai passé un scanner et on a découvert que j'avais une tumeur au cerveau. J'ai subi une opération et j'ai fait beaucoup de rééducation. Mais je suis beaucoup mieux qu'avant. Je n'ai pas vraiment besoin d'aide.

Je vais vous montrer la cuisine. Le thé et le café ? Bien sûr, ils sont rangés juste ici.

Pardon ! Plutôt là-bas. Je m'embrouille avec le contenu des placards. Pas grave. Ils m'ont retiré un gros morceau du cerveau et j'ai parfois des trous de mémoire.

Me préparer mon dîner ? Waouh ! J'aimerais beaucoup, merci. Je suis très gâtée, mais je n'en ai pas vraiment besoin.

Oui, désolée, cette casserole est fichue. C'est ma faute. J'ai mis un œuf à cuire, je l'ai oublié et l'eau a bouilli jusqu'à évaporation complète. Le truc bête.

C'est à ce moment-là que mon mari a appelé l'agence. Il craignait que je ne puisse pas me débrouiller toute seule. Mais comme je vous l'ai dit, il exagère. Je n'ai pas vraiment besoin d'aide. Oui, d'accord pour du poulet. Il y en a dans le frigo. Oh, vous le savez déjà. Vous avez parlé de mon dîner avec mon mari ? Il est formidable. Je ne sais pas ce que je ferais sans lui. Mais il est parti en Irlande pour son travail. Non, il n'avait pas envie d'y aller, mais la vie suit son cours, n'est-ce pas ?

Ne vous inquiétez pas, je suis heureuse d'en parler. On m'a diagnostiqué un glioblastome stade 4, ce n'est pas génial. Mais j'ai subi une opération, la tumeur a été entièrement retirée. Donc je croise les doigts.

Oh, excusez-moi, j'ai déjà oublié votre prénom.

Helen. Oui, Helen. Je m'en souviens. Helen. Navrée. Je crois que, quand on m'a extrait la tumeur, ma mémoire à court terme est partie avec. Mais je vais bien.

Oui, radiothérapie et chimiothérapie. Témozolomide. Quand on est en chimio, on doit se souvenir de ne pas manger à certains moments. Heureusement, mon mari me prévient, autrement je ferais l'erreur de manger un biscuit quand il ne faut pas. Oui. C'est facile de se tromper. J'aime beaucoup le maïs. Merci infiniment !

C'est un boulot à plein temps, d'être malade. On doit se souvenir de prendre les bons médicaments à heure fixe et on doit aller aux séances de radiothérapie et faire tous ces examens de sang et ces IRM. Je n'ai rien écrit depuis des siècles. Je suis autrice, au cas où vous l'ignoreriez. Oh, vous le saviez ? Vraiment ? Oh, merci beaucoup. Je suis heureuse que vous les ayez aimés.

Vous restez longtemps, ce soir ? Quoi ? Vous passez la nuit ? C'est très précieux. En fait, je ne tombe presque plus, mais juste au cas où... OK, j'appellerai, promis.

Oui, j'ai des pilules à prendre avant d'aller au lit. Oui, ça serait utile. Ah, l'agence vous a transmis la liste des médicaments ? Quelle efficacité !

Mais ne vous en faites pas ! Je me couche très tôt, maintenant. Je m'endors vers 21 heures et ne me réveille pas avant 8 heures. Oui, généralement c'est mon mari qui emmène les enfants à l'école, mais aujourd'hui, comme il est absent, ma mère s'en occupe.

Des brocolis ? Oui, j'aime bien. Je m'efforce de manger sainement en ce moment. Pour mettre toutes les chances de mon côté.

Vous avez eu un autre patient atteint d'un glioblastome ? Eh bien ! Quelle coïncidence ! Ah vraiment ? Lui aussi ? Je suis contente de ne pas être la seule à avoir des pertes de mémoire.

Il prenait aussi du témozolomide ? Oui, ça me rend malade. Mais j'ai un médicament pour diminuer les effets indésirables. On prend un médicament et puis on doit en prendre un autre. C'est la règle, j'ai l'impression. En tout cas, je suis heureuse de ne pas être la seule à ressentir des effets secondaires.

Oui, j'aimerais beaucoup manger du riz. Merci beaucoup.

Dites-moi, pourquoi vous n'êtes pas avec ce patient ?

Ah, d'accord.

Je comprends.

Désolée. C'est… Oui, ça doit être difficile pour vous.

Ça s'est passé quand ?

Combien de temps après le diagnostic est-il… ?

Un an ?

Waouh !

C'est court.

Non, pas de problème. Je vais bien. Il m'arrive d'avoir les yeux qui pleurent. Peu importe ! Le diagnostic est tombé il y a deux mois, et pour le moment tout roule. Je vais de l'avant, comme je dis. Il faut bien garder le moral. Et la présence de mes enfants m'aide à penser à autre chose. Oui, oui, vous pouvez me servir. Quel luxe d'avoir un dîner tout prêt mais, franchement, ce n'est pas nécessaire. Vous en voulez ? Oh, vous avez apporté votre propre nourriture ? C'est très judicieux de votre part.

Cet hématome ? Oui, il est gros, hein ? Si je sors, les gens vont penser que mon mari me bat. En fait, je suis tombée dans la douche. Le sol était glissant. Et celui-là ? C'était dans les toilettes. J'ai perdu l'équilibre et j'ai percuté le lavabo en pleine figure. Quelle idiote !

Oui, promis. J'appuierai sur la sonnette. Non, vraiment pas. Je me douche toute seule. Mais si c'est indispensable, vous pouvez m'accompagner à la salle de bains.

Et si je trébuche en allant au petit coin pendant la nuit, je vous appelle. Promis, juré.

Mais tout se passera bien.

Non, ça va. Comme je le dis, je n'ai pas vraiment besoin d'aide.

Une partie de Scrabble

Vu de l'extérieur, tout a l'air normal. Si des passants regardaient par la fenêtre, pense Eve, ils verraient les membres d'une famille heureuse en train de jouer au Scrabble sur la table de la cuisine.

C'est seulement en s'approchant qu'ils remarqueraient leurs expressions et soupçonneraient que quelque chose cloche. Les visages sont, selon les cas, stressés, tristes, proches des larmes, incrédules, stupéfaits. Elle-même est un peu sous le choc. Ils l'ont finalement dit. Après d'intenses moments d'angoisse, de délibération, de crainte, ils ont dit aux enfants ce qu'il en était. Désormais, toute la famille est au courant.

— Bon, dit Nick. Chacun prend sept lettres. OK, Izzy ? Prends sept lettres et passe le sac.

C'est seulement à la tension dans l'intonation de son mari qu'Eve discerne qu'il y a un problème.

— Tu pourras quand même me voir jouer dans la pièce ? demande Isobel d'une voix chevrotante.

— Je viendrai sans faute, répond Eve. Personne ne pourra m'en empêcher. Je serai au premier rang. Compte sur moi pour t'acclamer et t'applaudir.

— Merci, Izzy, dit John en récupérant le sac de lettres.

Il paraît moins perturbé que sa sœur, sans doute parce qu'il savait déjà. Tout du long, Nick et Eve ont tenu au courant les trois aînés, attendant une occasion propice pour annoncer la nouvelle aux deux plus jeunes. Les vacances de mi-trimestre viennent de débuter. Pas d'école pendant plusieurs jours, pas de contrainte. Du temps à eux, pour rester à la maison, du temps pour les discussions et les câlins.

Une boîte de mouchoirs en papier est posée sur la table. Chaque membre de la famille en a déjà pris un. La demi-heure précédente, programmée, mise au point et répétée par Nick et Eve pendant des semaines, a été intense.

— Vous savez que maman a été opérée, ont-ils commencé. Elle a été malade. Sa maladie est une forme de cancer.

Et ils ont continué, jusqu'à ce que les yeux de Nick se mouillent, qu'Izzy éclate en sanglots et que même John attrape un mouchoir.

Cinq enfants. Cinq boules d'amour. Cinq boules de chagrin.

Peut-on parler de chagrin ? Rien n'est encore arrivé. Eve se sent en forme, et solide. Elle s'est bien rétablie, elle peut marcher, elle est sous traitement. Mais le cancer dont elle souffre est incurable et agressif, avec une espérance de survie statistiquement épouvantable.

Peut-être le mot « pré-chagrin » est-il plus approprié. À moins que tout cela ne soit excessif, voire inutile. Son optimiste refait surface. Mais oui ! On va trouver un nouveau traitement. Ses scanners vont être parfaits, année après année. Un jour, ils en riront. *Tu te souviens, quand tu croyais que tu avais un cancer incurable ?*

— Vous devez le dire à vos enfants, a conseillé l'oncologue.

Parole d'évangile. Le pire serait que les enfants l'apprennent par quelqu'un d'autre. Un ami bien intentionné ou un voisin. *Désolé que ta mère soit si malade.* Ou pire, un copain dans la cour de récré : *Il paraît que ta mère va mourir.*

Ce n'est pas exactement un secret. Mais ce n'est pas une information qu'Eve a envie de crier sur tous les toits. Incroyable, pourtant, le nombre de gens qui, après l'avoir croisée dans la rue, ont texté à Nick : Eve a beaucoup maigri. Elle va bien ?

Nick et Eve ont pris l'habitude de dire la vérité aux gens. Mais, à chaque fois, c'est un choc. En réalité, jusqu'à un certain point, la maladie a intégré leur vie, avec les visites aux médecins, les médicaments, les rendez-vous au centre de cancérologie. Elle fait partie de leur quotidien. Ils sont même capables d'en plaisanter, quand ils ne pleurent pas.

C'est seulement quand ils voient les réactions de leurs amis qu'ils se souviennent combien cette réalité est inhabituelle et bouleversante.

Ils ont donc élaboré avec soin le petit discours destiné aux enfants : ni trop alarmiste ni trop désinvolte, réaliste mais optimiste et plein d'espoir – ce qui correspond à l'état d'esprit d'Eve quand elle n'est pas rongée par la culpabilité.

— Ils vont poser plein de questions, les a avertis le psychologue. Ils peuvent aussi poser la même question encore et encore. Il faudra vous armer de patience.

— Ne vous en faites pas, a répondu Eve avec un demi-sourire. Mon mari a l'habitude. Je lui repose la même question tous les jours.

À cet instant précis, elle regarde le visage de ses enfants chéris et s'interroge sur leur état. Elle espère qu'ils sont pleins de résilience, tout en se demandant toutes les cinq minutes combien de temps il lui reste sur cette terre. Elle éprouve – encore et encore – une culpabilité écrasante.

Elle a lu des pages et des pages sur les différents stades du chagrin et peut identifier celui du déni. Pendant de longues périodes, elle peut rester dans le déni. Elle suit le cours de sa journée, fait sa gym, regarde la télé. Seule sa fatigue constante trahit le fait que quelque chose ne va pas. Cela et ses trous de mémoire – mais se souvenir n'a jamais été son fort.

Et puis, elle lit le titre d'un article ou d'un livre sur le cancer, ou elle aperçoit ses médicaments sur le plan de travail de la cuisine, et le diagnostic la frappe de plein fouet. Le constat est surréaliste. Un cancer ? Elle ? Comment est-ce possible ?

— Si tu as un cancer du cerveau, comment ça se fait que tu peux parler ? lui demande Isobel. Comment ta tête marche encore ?

— Par chance, j'ai gardé la région du cerveau qui correspond à la parole, explique Eve. Y compris celle des plaisanteries idiotes. Par contre, j'ai un nouveau souci : je n'arrête pas de perdre mon portable.

Ce qui provoque un petit rire chez les enfants, car ils savent qu'elle passe son temps à égarer son téléphone – et ça ne date pas d'hier.

— De toute façon, tu ne sais jamais où tu l'as posé, fait remarquer Isobel entre rire et larmes.

— C'est un cancer, ou juste une excuse pour paumer ses affaires ? lance Leo.

Eve lui jette un coup d'œil reconnaissant car il s'efforce, comme elle, de faire preuve d'humour malgré la situation.

— Ils vont peut-être trouver un traitement, glisse Arthur du haut de ses quinze ans.

— Peut-être bien, mon chéri. Tout est possible. Il y a tout le temps des essais thérapeutiques. Mais aujourd'hui, ce n'est pas encore le cas.

Isobel se met à pleurer et Eve sent ses yeux se mouiller.

— Je sais, ma puce, dit-elle en lui caressant le dos. Je sais, c'est dur.

Je ne te verrai pas grandir, ma beauté. C'est insupportable.

— C'est pas juste ! s'exclame Isobel entre deux sanglots. C'est vraiment pas juste ! Pourquoi tu as attrapé ça ?

— Je ne sais pas, ma chérie. Et tu as raison, c'est injuste.

— Mais tu mènes une vie hyper saine, intervient Reggie. Tu ne manges que de la salade de haricots.

Encore une vieille blague familiale, qui détend un peu l'atmosphère.

— Le médecin dit que ce genre de cancer n'est pas lié à la nourriture. C'est une question de hasard. Disons que j'ai tiré le mauvais numéro. Mais j'ai eu tellement de chance, dans ma vie, à d'autres égards ! La malchance me tombe dessus. En même temps, je m'estime heureuse de pouvoir marcher, parler et même jouer au Scrabble. Plein de patients dans la même situation que moi en sont incapables.

John tente à son tour de dérider tout le monde.

— Ouais, mais tu ne peux pas gagner au Scrabble, maman. C'est moi qui vais gagner.

— Non, c'est moi, rétorque Leo. J'ai trouvé le mot le plus compliqué.

— Je vous dis que c'est moi, réplique Reggie. Parce que je suis génial.

L'ambiance est à la bonne humeur. Eve regarde Nick qui lui adresse un clin d'œil discret. Il pense comme elle : le pire est passé.

— Isobel, tu as une question ? demande Eve, voyant sa fille sur le point de parler. Que souhaites-tu savoir ?

— Oui, j'ai une question. Mais je crois que j'ai déjà la réponse.

— Demande ce que tu veux, insiste Eve. C'est toujours bien de poser une question même si on connaît la réponse. On peut y réfléchir et en parler.

— OK, maman. Voilà ma question : « yit », c'est un mot ?

Étonnement d'Eve, immédiatement suivi d'un immense soulagement. Isobel a déjà rebondi. Elle pense à la partie de Scrabble.

— « Yit », ricane Arthur. Et ça veut dire quoi ?

— C'est un bateau, fanfaronne sa sœur.

— Tu veux dire « yacht ».

— Non : « yit » ! Je suis sûre que c'est un genre de bateau.

— Fais une phrase avec, lui suggère John.

Isobel prend une grande respiration et lance :

— Il navigue sur son yit.

La famille éclate de rire. Eve se sent revivre. Si des passants regardaient par la fenêtre, ils verraient une famille heureuse, en train de jouer au Scrabble sur la table de la cuisine. Une famille en train de rire, insouciante.

Elle sait que sa bonne humeur va retomber – ça leur arrivera à tous. Mais, en cet instant précis, elle sourit, son mari et ses enfants rient. C'est parfait. Un moment parfait.

Tous les gentils mails

Très chers Eve et Nick, je suis tellement désolée... Nous sommes sous le choc... Nous avons appris la nouvelle au sujet d'Eve... Tellement effrayant... Elle semblait toujours en si bonne santé... Que pouvons-nous faire ?... Nous prions pour vous... Besoin d'aide avec les enfants ?... Que pouvons-nous faire ?... On vous emmène boire un verre un soir ?... On vous fait parvenir un petit cadeau... Une visite ?... Pouvons-nous faire quelque chose ?... Avec toutes nos pensées, avec toutes nos pensées, avec toutes nos pensées...

Très chers amis, merci infiniment pour les fleurs ravissantes... Pour le panier de fruits délicieux... Pour l'article intéressant que vous nous avez envoyé... Pour la merveilleuse crème pour le corps... Pour le livre stimulant... Eve vous remercie mille fois et vous envoie toute son affection... Elle va bien... Merci d'avoir ramené Isobel... Merci d'avoir invité Reggie à passer la nuit... Merci pour les délicieux plats du traiteur... Venez rendre visite à Eve quand elle se sentira mieux... Merci beaucoup, merci beaucoup, merci beaucoup...

Sur les chaises en plastique

— Bonjour ! Je m'appelle Eve Monroe. Je viens pour un examen de sang.

— Bien sûr ! Pouvez-vous lire ce formulaire avant de le signer ? Je vous demanderai ensuite d'attendre votre tour là, sur une de ces chaises en plastique. Merci !

* * *

— Bonjour, j'ai rendez-vous avec mon médecin, le Dr Cunningham. Je suis Eve Monroe.

— Très bien. Veuillez, s'il vous plaît, jeter un coup d'œil à ce formulaire et le signer au dos. On va vous appeler. En attendant, vous pouvez aller vous asseoir avec la personne qui vous accompagne sur les chaises en plastique, devant la porte du cabinet du médecin.

* * *

— Bonjour, je suis là pour ma séance de radiothérapie.

— Pas de souci. Je vais vous demander de lire ce formulaire et de le signer, avant de vous asseoir sur une de ces chaises en plastique. Le radiothérapeute va vous recevoir très vite.

* * *

— Bonjour ! Je suis Eve Monroe. Je viens chercher mes médicaments de chimio.
— Je m'occupe de vous aussi vite que possible. Pendant ce temps, asseyez-vous sur la chaise en plastique à côté du comptoir.

* * *

— Bonjour. Je suis Eve Monroe et j'ai rendez-vous pour une IRM.
— Oui. Remplissez ce questionnaire, s'il vous plaît. Et asseyez-vous sur une des chaises en plastique de la salle d'attente. On va vous appeler.

* * *

— Bonjour, c'est Eve Monroe. Je prendrai une chaise en plastique, s'il vous plaît. Pardon ! Je veux dire un espresso latte.

Ça pourrait être pire

— Vous dormez suffisamment ? demande le médecin.

Eve prend une grande inspiration avant de répondre.

Je me fourre au lit à 8 heures, fatiguée et nauséeuse avec l'envie de tout oublier. Je me réveille douze, treize ou quatorze heures plus tard. Je suis avide de sommeil. Dormir : c'est la seule chose que je désire. Je cherche l'état d'inconscience comme un accro au crack cherche sa dose.

— Oui, je crois. Je dors beaucoup. Merci.

— La chimio vous rend malade ?

J'ai l'impression que mes organes internes se pulvérisent littéralement. Je me sens polluée, empoisonnée, sur le point de me désintégrer. Ma peau et mes cheveux sont comme atteints de maladie. Je n'ai jamais éprouvé de pareils troubles.

— Parfois. Mais ça pourrait être pire.

— Fatiguée ?

Complètement crevée, oui. J'ai l'impression de ne même pas pouvoir bouger mon petit doigt. Mon corps pèse une tonne. Penser me demande un effort surhumain.

— Parfois. Mais ça pourrait être pire.

— Et psychologiquement, vous vous sentez comment ?

Je passe du déni au désespoir, du choc au chagrin. Et quelquefois, je me sens ridiculement heureuse. J'apprécie les petits plaisirs bien plus qu'avant, et puis la terrible réalité me revient avec brutalité. Parfois je m'imagine en train de mourir, loin de ma famille, et c'est insupportable. J'attends que la maison soit vide pour pleurer bruyamment, à gros sanglots. Je crie et je gémis, je bourre mon oreiller de coups de poing aussi faibles qu'inefficaces...

— Oh, j'ai des hauts et des bas, répond Eve après un long silence. Mais ça pourrait être pire.

Comment supporter les traitements contre le cancer

LES CONSEILS SYMPAS D'EVE MONROE

Pour supporter la radiothérapie, imaginez-vous dans un spa de luxe. Donc, quand vous arrivez à l'accueil, faites comme si vous vous enregistriez pour un soin. Quand on vous passe une blouse médicale, imaginez que vous vous glissez dans un peignoir vaporeux. Quand vous vous allongez sous une machine, dites-vous que vous êtes sous le plus sophistiqué des appareils destinés au massage du visage. (Sur son site dédié au bien-être, Gwyneth Paltrow dit qu'elle l'utilise, alors il est forcément efficace.)

Quand, en vous mettant un masque en plastique bleu fait sur mesure, on maintient votre tête si fermement qu'il vous est impossible de bouger un muscle, pensez qu'il s'agit là d'un tout nouveau système de lifting naturel.

Les techniciennes vont parler au-dessus de votre tête dans un jargon technique, mais mieux vaut penser que ces esthéticiennes sont espagnoles et qu'elles discutent de l'état de votre peau dans leur langue.

Quand la radiothérapie commence, changez de cap. Pendant toute la séance, persuadez-vous que le traitement va inonder votre cerveau de fluides thérapeutiques et le débarrasser de la moindre parcelle cancéreuse. Souhaitez-le de toutes vos forces pour que ça devienne vrai.

Ne pensez pas à la zone chauve de votre crâne, conséquence inévitable de la radiothérapie. (Là, rien à voir avec Gwyneth.)

Très vite, le thérapeute va revenir vous libérer et vous demander comment vous avez supporté la séance.

Asseyez-vous en pensant, *Je m'en suis sortie.* Et dites-vous que vous n'avez plus qu'à aborder la prochaine séance de la même façon.

Comment supporter le mieux possible les effets secondaires de la chimio ? Faire tous les jours un sprint de cinq cents mètres, se nourrir exclusivement de chou, méditer et écrire un petit mot de gratitude quotidien à l'intention de votre créateur.

Je plaisante. Comment supporter le mieux possible les effets secondaires de la chimio ? Se coucher.

Le moyen de surmonter l'épreuve de l'IRM ? Ne pas bouger. Prétendre que le bruit est soit de la musique contemporaine, soit celui d'un chantier extérieur. Envoyer des pensées positives au cerveau avec des phrases comme : *Mon cerveau est sain, la maladie n'a pas progressé*, dans l'espoir que cela aura une influence sur le résultat. (Penser aux soldes d'une boutique de mode divine peut aussi avoir un effet bénéfique.)

Et pour lutter contre l'angoisse des prises de sang, scanners et autres examens, y a-t-il une méthode ? Si oui, faites-le-moi savoir.

Conversations matinales

1

La Mort

— Il faut que tu sois là au moment où je mourrai.

Sans avertissement, un maelstrom de peur et d'angoisse a étreint Eve au réveil. Est-elle prête à mourir ? Faut-il qu'elle le soit ? Regarder la mort en face, est-ce la même chose qu'abandonner tout espoir ?

— Être là quand ? articule à grand-peine Nick. Il est quelle heure ? Très tôt, non ?

— Désolée, dit Eve, dont le mal-être augmente. Je veux… Je veux seulement savoir que tu seras à mes côtés quand je mourrai. J'aurai besoin d'entendre ta voix. Ta voix me calme. En plus, tu me diras quoi faire et où aller. Tu me connais, je n'ai aucun sens de l'orientation. Je serais bien capable d'atterrir au mauvais endroit.

Nick éclate de rire avant de se frotter les yeux.

— Ben oui, tu n'auras pas ton GPS avec toi.

— Non, sérieusement ! Quand viendra la fin, reste avec moi. J'aurai besoin d'entendre ta voix.

— Bien sûr que je serai là. Mais tu ne vas pas mourir avant des siècles. On a du temps pour s'organiser. Et puis, de toute façon, c'est toi qui vas m'enterrer et les rôles seront inversés.

Une pause. Et Eve reprend, sur un ton différent :

— Je ne rigole pas, Nick. Tu as pensé à ma mort ?

Une autre pause, plus longue.

— Oui, j'y ai pensé, répond Nick, lui aussi d'une voix changée. Évidemment.

— Je dois faire un testament.

— Tu en as déjà fait un. Mais, quand tu seras prête, nous devrons aborder plusieurs points.

— Un autre testament, donc. Et des plans. Et des arrangements. Il faut que je prévoie mon enterrement ! s'écrie Eve. C'est une priorité.

— Tu crois vraiment ?

— Oui. Ce n'est pas juste de tout te laisser faire. Je veux choisir la musique. Et tout, en fait. Les psaumes et les lectures. On doit prévoir quoi d'autre, pour des obsèques ?

— Eve, il est 5 heures du matin. Tu ne penses pas qu'on devrait boire un thé avant de finaliser tes dispositions funéraires ?

Elle sait qu'il la taquine et elle répond par un rire un peu forcé. Le maelstrom est toujours là. Elle est terrifiée, sans savoir vraiment pourquoi.

— Je veux entendre ta voix quand ma fin arrivera. Promets-le-moi !

— Je te le promets, dit Nick en l'étreignant. Mais ce ne sera pas avant longtemps. Accrochons-nous à ça.

— Mais tout de même, il faut prendre les dispositions nécessaires.

— On fera les deux. Préparer les obsèques et en même temps nous persuader que ce plan ne sera pas utile avant des années et des années. Des funérailles de Schrödinger. Pas mal, comme formule, non ?

— D'accord. Faisons ça.

— Et maintenant, je vais me faire une tasse de thé, annonce Nick en sortant du lit. Pourquoi n'essaies-tu pas de te rendormir ? Ensuite nous pourrons arranger tes funérailles, choisir ta tombe, organiser ton testament, revoir ton assurance-vie, nous atteler à toutes ces tâches hyper sexy.

— Je ne plaisante pas, dit Eve.

— Moi non plus.

— La vie était plus marrante, avant.

— Je suis d'accord.

— Avec ces médocs, cette chimio et la mort qui rôde, le cancer plombe l'ambiance.

— Oui, dit Nick. Le cancer est un enfoiré. Mais *heureusement*...

Eve se met à rire. « Heureusement » est leur mot de passe familial. Il suffit d'inclure ce mot dans n'importe quelle phrase négative pour que le cours des choses prenne un tour optimiste. C'est ce qu'ils ont appris à leurs enfants. Exemples ?

Il pleut, mais *heureusement* nous avons pris des parapluies.

Je déteste le hockey, mais *heureusement* je joue au foot.

J'ai un cancer incurable, mais *heureusement* mon dernier scanner était bon.

— *Heureusement*, reprend Nick, on peut toujours compter sur le réconfort d'une bonne tasse de thé.

— Une bonne tasse de thé, parfois accompagnée d'un toast. Elle est pas belle, la vie ?

Son angoisse s'est estompée. Elle attend son thé. Le jour se lève à peine, mais Eve sent qu'elle a appris un petit quelque chose. Elle ne peut pas exactement le formuler… déjà ses pensées se dispersent… mais elle sait qu'elle a appris quelque chose. C'est ce qui compte. Sûrement.

Conversations matinales

2

Bucket list, *les choses à faire (ou pas) avant de mourir*

— Les îles Galápagos, dit Nick, l'œil sur l'écran de son téléphone. Le Machu Picchu. Maintenant que tu marches bien, nous pouvons y aller. Ou alors les pyramides. Une destination très prisée.

— Tu te souviens que je n'ai pas le droit de prendre l'avion ? répond Eve. Aller en train de Londres jusqu'aux pyramides me paraît difficile.

— Bon, d'accord. Alors Paris, Rome, Bruges. Et on emmène les enfants pour un voyage culturel.

— Pourquoi pas ? En fait, je n'ai pas tellement envie de bouger. Qu'est-ce qu'il y a d'autre, sur la liste des choses à faire avant de mourir ?

— Rencontrer une célébrité.

— J'en ai rencontré plein, dit Eve après un moment de réflexion. Pas de quoi fouetter un chat. Ce sont juste des gens normaux un peu plus maquillés que les autres. Quoi encore ?

— Sauter en parachute.
— Sûrement pas. Quoi d'autre ?
— Pratiquer le saut à l'élastique.
— Pas tellement différent du saut en parachute. Ensuite ?
— Se marier.
— C'est déjà fait. Dommage ! Organiser un mariage serait une distraction parfaite. Remarque, je peux toujours me remarier. Rencontrer quelqu'un de gentil au centre de cancérologie et tomber amoureuse. Et je pourrais écrire un roman intitulé *Je l'ai rencontré en attendant ma séance de chimio.*
— En fait, « écrire un roman » figure sur la liste, confirme Nick, toujours sur son portable. Mais cette case, tu l'as déjà cochée. On conseille aussi de rechercher les plaisirs des sens ou de retrouver ceux d'avant la maladie. Je te prends rendez-vous pour un massage ?
— J'aimerais retrouver le goût de la délicieuse marmelade dont nous nous sommes délectés en Italie.
Nick éclate de rire.
— Déguster une bonne marmelade ? C'est ton souhait le plus cher ? On dirait la *bucket list* de l'ours Paddington, avec ses sandwichs à la confiture.
Eve rit à son tour.
— À vrai dire, faire une *bucket list* ne m'intéresse pas tellement. Je veux seulement mener une existence normale, travailler, me promener, regarder une série que j'aime. Une version améliorée de la vie. Une vie normale, qualité supérieure.
— Ce concept me plaît. On va viser la qualité supérieure dans tous les domaines. Par exemple, on prend des meilleures places quand on va au spectacle.
— Exactement. Et on mange des plats plus élaborés que d'habitude.

— Je suggère que, pour relever le niveau, on déguste des délices exotiques tout en regardant l'émission *Viens dîner avec moi.*

— Parfait ! Des tranches de kiwi et de mangue.

— En résumé, ta *bucket list* se compose essentiellement de confiture, de kiwis, de mangues et de l'émission *Viens dîner avec moi.* Tu n'es pas très exigeante. Moi qui planifiais du saut en parachute au Machu Picchu !

— Sans blague ? s'amuse Eve.

— Je ferai en sorte que tes souhaits se réalisent, dit Nick, redevenu sérieux. Tout ce que tu désires, les mangues, le Machu Picchu et… je ne sais pas, moi… un vol vers la station spatiale.

— Écoute, j'ai fait des choses formidables, des voyages merveilleux, j'ai arpenté le tapis rouge, j'ai nagé avec des dauphins. Je n'ai plus besoin de ce genre de trucs. Je veux juste rester en vie. Prendre du bon temps avec les enfants et toi. Voir des amis. Profiter des petits plaisirs de l'existence.

— Tu oses qualifier l'émission *Viens dîner avec moi* de « petit plaisir » ? se moque Nick.

— Certainement pas. C'est une des grandes joies de mon existence, répond Eve sur le même ton goguenard. Mais tu me comprends.

— Je te comprends, ma chérie. Qualité supérieure.

— C'est ça : qualité supérieure, dit Eve en prenant son iPad.

Son mari l'observe avec curiosité tandis qu'elle tape avec vigueur.

— Tu fais quoi ? demande-t-il.

— Eh bien, j'écris ma *bucket list* personnelle. En commençant par la marmelade de luxe.

Conversations matinales

3

Les premiers signes

— On dirait que tous les gens qui ont un cancer racontent leur expérience, fait remarquer Eve en tournant les pages du *Daily Mail*. Ils écrivent un article sur les premiers symptômes de la maladie pour prévenir les gens en bonne santé. Tiens, regarde ! Celui-là a pour titre : « Les cinq signes annonciateurs d'une tumeur au cerveau ». Tu crois que je devrais m'y mettre, moi aussi ?

— Pourquoi pas ? répond Nick.

— Le problème, c'est qu'en dehors du mal de tête, j'ignore en quoi ils ont consisté, ces premiers signes, dit Eve, plongée dans la lecture de l'article. Ils ressemblaient à quoi, mes symptômes ? Comment tu as deviné que quelque chose clochait chez moi ?

Pour Eve, l'histoire a commencé à l'hôpital. C'est son premier souvenir de ce grand huit affolant dans lequel elle s'est trouvée embarquée. D'abord le réveil dans un lit d'hôpital sans savoir ce qui se passait, ensuite un scanner du cerveau.

— Tu marchais en titubant, explique Nick. Tu chancelais et penchais d'un côté, même quand tu étais assise.

— Mon caractère a-t-il changé ? Je lis ici : « Le quatrième signe est une transformation de la personnalité. Le sujet devient morose et désagréable. » C'est mon cas ?

— Pas encore, mon cœur, dit Nick en riant.

— En tout cas, si je deviens morose et désagréable, ce ne sera pas ma faute, analyse Eve. J'ai un laissez-passer pour changer de personnalité si je le souhaite. Pas mal, non ? Je pense devenir odieuse et exigeante.

— Tu déraillais légèrement, concède Nick. Avant le scanner. Tu voulais te couper les cheveux à ras.

— Comment ça ?

— Tu m'as traîné dans la cuisine, tendu une paire de ciseaux et demandé de te couper complètement les cheveux. Tu n'arrêtais pas de dire : « Coupe tout ! » J'étais bien embêté.

— Bon sang ! C'est complètement dingue.

Eve est soudain prise d'un fou rire.

— Dis donc, Nick, mon comportement, tel que tu le décris, ne ressemblerait pas plutôt à un retour de soirée hyper imbibée entre copines ?

— Maintenant que tu le dis… rigole Nick.

— Finalement, on est vraiment sûrs qu'il s'agit d'une tumeur au cerveau ? continue Eve. C'était peut-être juste une méchante gueule de bois. Tiens, ça me donne une idée de chronique pour le *Daily Mail*. Avec comme titre : « Tumeur au cerveau ou lendemain de cuite ? Notre test en dix questions pour le savoir. »

— Et pourquoi pas « Tumeur ou téquila ? » propose Nick.

Eve se gondole, presque de manière hystérique. Elle n'a pas ri comme ça depuis des siècles. Elle avait presque oublié ce que c'était.

— Pas étonnant que je n'aie pas le droit de conduire ! constate-t-elle entre deux hoquets de rire. Mais raconte-moi, je ne me souviens de rien. Donc, c'est parce que je titubais et que je manquais de tomber de ma chaise que j'ai passé un scanner.

— Exactement.

— Et tu appris que j'avais une tumeur, mais tu ne savais pas qu'elle était cancéreuse.

— Officiellement, je l'ignorais mais... au fond de moi, je le savais. Quand on m'a demandé d'aller dans une petite pièce attenante au bureau du médecin, j'ai deviné qu'un truc n'allait pas. Et quand le radiologue m'a annoncé que les clichés montraient une grosseur, j'ai compris que les nouvelles étaient mauvaises.

— Mais pourquoi ?

— Parce qu'il était...

Nick marque une pause, hésite et se lance :

— Parce qu'il était en larmes.

— *En larmes ?*

Eve sent en elle le poids d'une forte émotion. Son fou rire s'éteint.

— Oui, il était en larmes.

Silence.

— Et après, il s'est passé quoi ? murmure Eve.

— Le comité médical devait décider si on t'opérait ou pas. Ils ont opté pour la chirurgie. Il a fallu ensuite préparer au mieux ton organisme avant l'opération.

— Me préparer pour l'opération, répète Eve. Je me souviens vaguement. On appelle ça comment ? Pré-habilitation ?

— C'est ça. Tu as eu des séances de kiné qui t'ont fortifiée. Tu es solide, ma chérie. C'est une bonne chose.

Nick semble positif, car c'est dans sa nature, mais son visage tendu indique qu'il est en train de se remémorer des moments très pénibles. Le cœur d'Eve se brise.

— C'est plus dur pour toi que pour moi, constate-t-elle, les yeux pleins de larmes. Définitivement plus dur pour toi.

— Là, ma chérie, tu dis n'importe quoi. La malade, c'est toi. C'est bien sûr plus dur pour toi.

— Mais… si je meurs… c'est toi qui t'occuperas des enfants…

Elle s'essuie les yeux.

— Pour moi, ça sera facile, je serai morte, reprend-elle. Tu auras la partie la plus dure.

— D'accord, dit Nick après un long silence. Disons que c'est dur pour tous les deux.

Quand Eve imagine son mari dans cet hôpital, assis tout seul tandis qu'on lui annonce que sa femme est atteinte d'un cancer incurable, de nouvelles larmes se mettent à ruisseler sur son visage. La colère l'envahit. Colère contre son stupide cerveau, colère contre le médecin qui a bouleversé Nick, colère contre tout. Elle voudrait hurler et donner des coups. Et elle s'en veut – encore une fois – d'être la cause d'une telle souffrance pour sa famille. Ce n'est pas sa faute si elle a un cancer – c'est juste un manque de chance. Mais elle sait maintenant qu'on peut se sentir coupable de manquer de chance.

Alors que la rage et la culpabilité l'envahissent, elle reste très calme. Car que faire ? Il faut être réaliste. Et puis, ça pourrait être pire. Elle pourrait être morte.

— Je pourrais intituler mon article : « Vous voulez une nouvelle coupe de cheveux ? Vous avez peut-être un cancer », dit-elle d'une voix qu'elle espère normale. Je suis certaine qu'un journal sera preneur.

— Absolument !

Ils échangent un sourire. Celui d'Eve est encore timide. Nick serre fort ses mains dans les siennes. Et, pendant l'heure suivante, ils parviennent tant bien que mal à éviter le sujet.

Conversations matinales

4

L'ironie du sort

— Tu te rends compte de l'ironie de la situation ? demande Eve un matin en tournant la tête sur son oreiller.

— Quelle ironie ? grommelle Nick d'une voix ensommeillée.

— D'abord, un constat, je suis Eve Monroe, la reine des dénouements heureux.

— D'accord. Grâce aux happy ends de tes romans, nous avons pu acheter cette maison. On leur doit beaucoup.

— Je me souviens que, lors d'une rencontre autour d'un de mes romans dans une librairie, on m'avait demandé si j'écrirais un jour un livre différent. J'avais répondu que je réfléchissais à une histoire avec une fin triste. « Ah non, surtout pas ! » s'était écriée une femme au premier rang, l'air totalement horrifiée. C'était assez drôle.

— Ton public raffole des happy ends.

— Oui. Moi aussi, d'ailleurs. J'en ai inventé des tonnes. Mais l'ironie du sort veut que je sois incapable de fabriquer un vrai happy end pour moi.

— Effectivement. Mais si tu le pouvais, il ressemblerait à quoi, ton happy end ?

— Attends que je réfléchisse… OK. Ouvre tes oreilles. Grâce à un essai clinique à Ottawa, on découvre un médicament miracle associé à de l'huile de cannabis. Ce remède sauve in extremis l'héroïne de l'histoire. Elle guérit complètement et mène une vie tranquille entourée de son merveilleux mari et de ses non moins merveilleux enfants. Pour interpréter l'oncologue brillant mais incompris, je choisirais George Clooney, et pour mon personnage, Emily Blunt. Les enfants joueraient leur propre rôle.

— Pour quelle raison, l'huile de cannabis ?

— Je ne sais pas. C'est assez à la mode, non ?

— Et pourquoi Ottawa ?

— Pour qu'il y ait une scène dans un aéroport. Les gens adorent.

— Ce happy end me plaît infiniment, ma chérie.

— Moi aussi, je l'aime beaucoup. C'est un rebondissement inattendu alors que tout le monde a perdu espoir.

— Pour ta gouverne, je n'ai pas perdu espoir, dit Nick.

— Moi non plus. Mais certaines personnes, oui. Des esprits chagrins.

Eve et Nick ne parlent plus pendant un moment. Des coups sourds en provenance de la chambre d'Arthur, juste au-dessus de la leur, viennent rompre le silence. Il a commencé à faire de la musculation avec des haltères, et ces bruits sont fréquents.

— Autre ironie du sort, dit Eve, mon cerveau était la clé de mon succès littéraire. Désormais, il est la cause de tous mes problèmes.

— Ton cerveau n'a pas le sens de la modération, déclare Nick. Il est soit brillant, soit complètement à côté de la plaque.

— Oui, il perd la boule. J'aimerais être en mesure de le contrôler davantage. Je pourrais alors m'inventer une fin heureuse et faire en sorte que la fiction devienne réalité.

Nouveau silence troublé par le bruit des poids qui rebondissent sur le sol, accompagné cette fois d'un fond musical.

— Il y a un autre aspect ironique dans cette situation, avance Nick. Tu sais lequel ?

— Non.

— Tu détestes les *spoilers*, quand les gens te racontent la fin d'un film ou d'un bouquin. Moi aussi, d'ailleurs. Mais pour ton histoire, nous désirons par-dessus tout qu'on nous en révèle le dénouement. On aimerait tellement que les médecins fassent des *spoilers*. Hélas, c'est impossible : ils ne connaissent pas l'issue.

— C'est ça ! s'exclame Eve. Je *veux* savoir. Je suis romancière, d'habitude c'est moi qui décide. D'ailleurs, je connais toujours la fin d'un livre avant de commencer à l'écrire.

— Parfois, tu changes d'avis en cours de route.

— Oui, je suis la boss, aux commandes de mon univers littéraire. En revanche, dans la vraie vie…

— Tu n'es plus la patronne.

— Apparemment non. C'est le destin qui décide du scénario. Et il n'y a pas de *teaser*. On est obligé d'attendre pour connaître la fin.

— Chaque scanner est un rebondissement en soi.

— Eh oui ! À propos, il est quand, le prochain ? demande Eve, à nouveau assez tendue.

— Dans trois semaines.

— Trois semaines à patienter pour connaître la suite de l'intrigue. Et personne pour *spoiler.*

— Non, ma chérie, confirme Nick en l'embrassant. Personne pour *spoiler.* C'est bien dommage.

WHATSAPP

Groupe de soutien d'Eve

Mon Eve chérie, je te félicite ! Un an depuis ton opération et tu vas bien. Un grand bravo !
Plein de baisers
Maman

Chère Eve ! Un an déjà ! Tu fais face comme une reine. Je te vois bientôt pour célébrer dignement cet anniversaire.
Bisous
Ginnie

Un an ! Un succès ! Toute mon affection, ma chère Eve.
Imogen

Le happy end

Quatorze mois ont passé depuis le diagnostic. Eve est toujours là, c'est l'essentiel. Son dernier scanner, le quatrième, n'indique aucune évolution. Quatre résultats stables, c'est bien. C'est même notable.

Elle a fini sa chimio, elle se sent bien, elle a retrouvé de l'énergie, elle a même recommencé à écrire. Imaginer que quelque chose ne va pas paraît presque incongru.

Elle est tellement en forme en ce moment que Nick a inscrit toute la famille à une marche caritative. Les tee-shirts sont arrivés par la poste : rouge vif, avec l'inscription THE BRAIN TUMOUR CHARITY en blanc. Le jour J, les sept membres de la famille Monroe, en baskets et jogging, les arborent fièrement.

Le soleil brille sur Londres. Ils arrivent à l'église d'où va partir la marche. Foule de participants en tee-shirt rouge. Ballons rouges partout. Sur l'estrade équipée d'un système de sonorisation, un homme en tee-shirt rouge en est au milieu de son discours de bienvenue.

— Merci à tous d'être venus aujourd'hui. Vous soutenez la recherche et aidez à améliorer l'assistance et les soins de santé indispensables aux malades atteints d'une tumeur cérébrale. Ensemble, nous faisons en sorte que personne ne soit seul face à ce diagnostic.

Eve regarde autour d'elle, stupéfaite de voir autant de gens, venus en famille ou seuls. Certains brandissent des pancartes avec des prénoms. *Joanna. Simon. Mum.* Toutes ces familles affectées par la même maudite malchance.

L'idée d'appartenir à une communauté lui fait chaud au cœur, même si ce n'est pas celle qu'elle aurait choisie spontanément. Elle prend un selfie avec sa famille en espérant que ses enfants se rappelleront cette journée. La journée où ils ont fait une bonne action. La journée où ils ont fait front pour une bonne cause.

— Et donc, pour terminer, je vous remercie encore pour votre présence. Je vous souhaite une bonne marche, on se retrouve sur la ligne d'arrivée. Trois, deux, un : PARTEZ !

Les marcheurs s'élancent dans les rues de Londres sous les klaxons et les cris d'encouragement. Très vite, un long flot de tee-shirts rouges traverse Hyde Park. L'allure est rapide. Eve est exaltée.

— Je me trouve à nouveau sur le tapis rouge, dit-elle à Nick, la mine hilare, en montrant la mer de tee-shirts rouges. Tu te souviens, quand je marchais avec un déambulateur ? J'ai l'impression que c'était il y a des siècles.

— Tu as été étonnante, ma chérie.

— Je me sens normale, comme si tout allait bien. Au fond, ce n'était peut-être qu'une énorme erreur…

Sur la recommandation de son oncologue, elle prend de l'huile de cannabis, ce qui est aussi à l'origine de son euphorie. Quel bonheur, si la fin heureuse qu'elle s'est concoctée se réalisait – même sans George Clooney !

Alors qu'elle avance de plus en plus vite, une vague d'optimisme l'envahit. Tout semble possible. *Bien sûr*, elle verra ses enfants grandir. *Bien sûr*, elle connaîtra ses petits-enfants. *Bien sûr*, elle écrira d'autres livres. *Bien sûr*, elle rejouera au tennis.

Si elle est capable de marcher dix kilomètres, pourquoi ne pourrait-elle pas défier les statistiques ? Elle a eu beaucoup de chance dans la vie… puis beaucoup de malchance… Peut-être le prochain changement forcera-t-il juste un peu la chance ?

— Continuez ! l'encourage un des bénévoles en tee-shirt rouge. Vous avez le bon rythme. Tenez le coup.

— Pas de problème. Je continue, répond Eve, ravie du compliment.

Et à ce moment précis, c'est son seul but dans la vie, le seul happy end qu'elle souhaite. Continuer, continuer… Tenir le coup.

Note de l'autrice

Comment tu te sens ? est une œuvre de fiction mais, à ce jour, c'est mon livre le plus autobiographique. L'histoire d'Eve est mon histoire.

Au cours de l'automne 2022, j'ai commencé à me sentir mal. Mes premiers symptômes de cancer ont été les mêmes que ceux d'Eve. De la perte d'équilibre à la chaise roulante, en passant par le déambulateur, l'opération, le diagnostic et tout le reste, tout s'est pratiquement déroulé comme je le raconte dans ces pages. J'ai même vraiment demandé à mon mari, Henry, de me couper les cheveux à ras (je ne m'en souviens pas mais, d'après lui, j'ai beaucoup insisté).

J'ai subi une opération de huit heures au cours de laquelle le chirurgien a enlevé mon glioblastome. J'ai été traitée par chimiothérapie et radiothérapie. J'ai réappris à marcher, à retrouver mon équilibre, à tourner ma tête, bref, à fonctionner. Comme Eve, le fait de ne pas me rappeler les paroles des chants de Noël m'a bouleversée, et je me suis donné beaucoup de mal pour les mémoriser à temps pour le grand jour.

Pourquoi ai-je fait une fiction de ma propre histoire ? Bizarrement, ça m'a libérée, permis d'être honnête et directe. J'ai cinq enfants : Freddy, Hugo, Oscar, Rex et Sybella. D'une certaine manière, il m'a été plus facile d'écrire à leur sujet en utilisant des prénoms d'emprunt. Je me suis permis de modifier quelques détails et j'ai fait de mon mieux pour que l'histoire tienne debout.

Car, bien que ce livre soit autobiographique, tous les éléments ne sont pas réels. Certains événements sont arrivés dans un ordre différent, ou bien je les ai légèrement transformés. Mais ces interventions sont mineures et n'altèrent en rien la véracité de ce récit.

Je vais vous donner un exemple. J'ai effectivement acheté, un jour, une robe à paillettes de Jenny Packham dans une boutique de Wimbledon Village alors que j'étais censée écrire, et un coup de fil de Henry m'a bel et bien prise sur le fait alors que j'étais dans la cabine d'essayage. J'ai vraiment dit : « Si on achète une robe, l'occasion de la porter se présentera forcément », ce que je croyais – et crois toujours fermement. J'ai porté cette robe à une fête que mon agent a donnée pour moi au restaurant The Ivy, et je me suis sentie comme une princesse. En revanche, à la première du film *Confessions d'une accro du shopping*, j'avais une robe rose Alexander McQueen. Mais, alors que j'écrivais ce livre, la robe à paillettes m'a semblé idéale pour une première de cinéma. Tel est le luxe de la fiction : l'auteur ou l'autrice a le contrôle total de son intrigue. On peut modifier, adapter, et personne ne relèvera que les faits ne sont pas conformes à la réalité. J'ajoute que cela a aussi été bien pratique, vu que ma mémoire me joue encore des tours et que je dois parfois inventer des éléments quand un souvenir me fait défaut.

Les lectrices et lecteurs attentifs remarqueront que le style de ce livre est différent de celui de mes romans précédents. Encore une fois : cela a été pour moi la façon la plus naturelle de raconter cette histoire, sous forme de vignettes, de fragments de texte, de tranches de vie. Je n'aurais pas pu procéder différemment.

Autre question : pourquoi ai-je choisi d'écrire un livre aussi personnel ?

Je suis quelqu'un d'assez réservé. Il peut paraître étrange de révéler certains aspects intimes de ma vie. Cependant, ma vie a toujours servi mon écriture. Cachée derrière mes personnages, elle a toujours servi de base à mes histoires. Une forme de thérapie, peut-être. Écrire me rend heureuse, et écrire ce livre, malgré des moments difficiles, a été une immense satisfaction, cela m'a grandement réconfortée.

Sur les réseaux sociaux, j'ai rencontré bon nombre de lectrices et lecteurs qui passent par les mêmes épreuves et défis qu'Eve et moi. J'espère vraiment que l'optimisme d'Eve aidera ou encouragera toutes celles et tous ceux qui souffrent d'un cancer ou d'une autre maladie, sans oublier leurs aidants.

Je voudrais terminer en souhaitant un dénouement heureux à chaque lecteur et chaque lectrice de ce livre.

Sophie Kinsella
Avril 2024

Remerciements

Les remerciements occupent généralement une ou deux pages où l'auteur ou l'autrice, plein de gratitude, remercie un certain nombre de gens qui ont participé de près ou de loin à l'élaboration de son livre. Dans le cas présent, cependant, je veux commencer par me réjouir d'être toujours en vie, et pour cela je tiens à exprimer ma profonde reconnaissance à l'équipe de médecins qui m'a soignée. Le Pr Andrew McEvoy m'a opérée quand mon glioblastome a été diagnostiqué. Les Drs Michael Kosmin et Paul Mulholland m'ont ensuite prise en charge. Tous mes remerciements à ces trois médecins pour nous avoir témoigné, à mon mari et à moi, leur bienveillance et leur soutien au cours de ces moments si difficiles. Je voudrais également adresser mes remerciements les plus vifs aux infirmières et au personnel médical, ils m'ont été d'une grande aide et d'un grand secours au moment du diagnostic. Je pense en particulier aux Drs Prashanth Reddy et Charles Middle. Mille remerciements également au Dr James Arkell.

C'est maintenant le tour de ma chère famille éditoriale, qui a diffusé ce livre dans le monde avec tant d'attention et d'affection. Araminta Whitley, Marina de Pass, Nicki Kennedy et Kim Witherspoon : merci infiniment de me représenter. Ma gratitude va également à mes éditeurs, en particulier à Bill Scott-Kerr, Sarah Adams, Becky Short, Julia Teece, Jen Porter, Kim Young, Kate Samano, Whitney Frick, Joy Terekiev, Maria Runge, Andrea Best et Caroline Ast : merci de défendre ce livre avant tant d'enthousiasme, d'amour et de sensibilité.

La gentillesse que nous ont témoignée nos amis, à Henry et à moi, m'a époustouflée. J'aimerais remercier Stephen et Catherine Nelson, Roger et Clare Barron, Ana-Maria Rincon, Tom et Clare Downes, Jenny Colgan, Jojo Moyes, Lisa Jewell, Jenny Bond, Linda Evans, Hermione Norris, Kirsty Crawford, Nick et Naomi Hewitt, Clare Hedley, Emily Stokely et Theresa Ward, ainsi que tous les autres, qui m'ont envoyé d'adorables messages ou des cadeaux, qui se sont occupés de mes enfants ou qui m'ont juste apporté leur soutien moral.

Quand on m'a annoncé que j'avais un cancer, ma famille s'est immédiatement mobilisée, comme celle d'Eve. Je remercie mes sœurs Gemma Malley et Abigail Parkhurst, ainsi que ma mère, Patricia Townley. Mes enfants, Freddy, Hugo, Oscar, Rex et Sybella, m'ont été d'un grand et constant réconfort et l'aide de Carol Vargas nous a été précieuse tout au long de cette épreuve. Et je n'oublie pas ma très chère belle-fille Lizzie, qui mérite une mention spéciale.

Plusieurs de nos amis se sont montrés spécialement attentifs envers nous et nous voulons notamment remercier Liam Maxwell, Mark Birch, Chris Hancock, Mason Blain, Emma et Mike.

À ceux de mes lecteurs et lectrices qui collectent des fonds au profit d'organismes de bienfaisance ou d'œuvres caritatives privées : The Brain Tumour Charity est une organisation remarquable et je vous encourage à penser à cette association pour vos dons.

Et, pour finir, un grand merci affectueux à mes formidables lectrices et lecteurs. Votre soutien fidèle m'a stimulée plus que je ne saurais le dire. Je vous suis incroyablement reconnaissante pour tous vos messages de soutien.

“Je suis beaucoup plus résiliente que je ne le pensais”

Il y a maintenant deux ans, Sophie Kinsella, l'autrice de la série de best-sellers L'Accro du shopping, *a découvert qu'elle était atteinte d'une tumeur au cerveau agressive et incurable. Elle raconte ici comment elle a réappris à vivre, à sourire et même à rire en dépit de ce diagnostic.*

Si, il y a quelques années, vous m'aviez demandé comment je réagirais si on me diagnostiquait un cancer du cerveau incurable, j'aurais sursauté d'effroi avant de répondre :

— Je serais effondrée. Je me transformerais en une flaque de larmes.

Et j'aurais aussitôt touché du bois pour conjurer le mauvais sort, pour m'assurer que rien d'aussi terrible ne m'arriverait jamais. Seulement voilà : c'est arrivé. Et j'ai appris deux choses. Premièrement : je suis beaucoup plus résiliente que je ne le pensais. Deuxièmement : un cancer incurable ne gâche pas forcément l'existence de la personne qui en est atteinte. Il faut juste s'habituer à un style de vie différent.

Mon parcours du combattant a commencé à l'automne 2022, après une opération de la vésicule biliaire. Je me sentais fatiguée. Et donc, quand les symptômes de mon cancer sont apparus, je les ai ignorés : je les attribuais au début de ma convalescence. Le premier de ces symptômes ? Une faiblesse dans les jambes. Je me suis mise à chanceler et à trébucher, à me tenir aux meubles quand je marchais dans la maison. Je mettais ça sur le compte de l'opération. Il fallait que je retourne à la gym. Mais les signes ont empiré. J'ai été prise de migraines sévères, je suis devenue confuse, j'ai commencé à pencher de côté quand j'étais assise – je n'avais plus d'équilibre.

C'est Henry, mon mari, qui le premier a suspecté que quelque chose ne tournait pas rond. Il a demandé à notre médecin de me prescrire un scanner du cerveau. À cette époque, nous vivions à la campagne et le centre de radiologie se trouvait à Londres. Mon état s'était détérioré si rapidement qu'après les deux heures de trajet en voiture, je ne pouvais plus marcher. Il a fallu m'installer sur une chaise roulante. Je ne comprenais pas ce qui se passait. Au point de demander à Henry si tout cela était réel ou si ce n'était qu'un mauvais rêve.

J'ai passé le scanner immédiatement. Vu mon niveau de confusion, on ne m'a pas communiqué les résultats. C'est Henry qui a eu droit aux mauvaises nouvelles. Le mot « glioblastome » n'a pas été prononcé à ce moment-là. C'est venu plus tard. On m'a mise sous stéroïdes et préparée pour l'opération. L'intervention a duré huit heures. Quand je me suis réveillée, j'étais toujours confuse, ma mémoire à court terme avait pratiquement disparu. Il fallait qu'on me répète sans arrêt ce qui s'était passé. Il fallait qu'on me répète que j'avais un cancer.

Le mot m'a causé un tel choc que je ne pouvais pas le prononcer à haute voix. Tout ce que j'étais en mesure de me dire, c'était : « Mais je ne peux pas avoir de cancer. J'ai cinq enfants. » Nos enfants avaient alors entre dix et vingt-cinq ans. J'étais désespérée. Je voulais être une mère en pleine santé, pas une malade du cancer. Mais je n'avais pas le choix. Et j'ai commencé tout de suite un programme de rééducation. Je n'avais plus d'équilibre, j'étais incapable de marcher, de tourner la tête, d'écrire ou de reconnaître des objets simples. Il me fallait tout réapprendre. Je ne savais même plus faire une tasse de thé, un comble pour une Anglaise !

J'ai alors réalisé pour la première fois combien j'étais résiliente. Mon courage m'a étonnée. J'étais profondément déterminée à retrouver ma capacité à marcher et à écrire. Je voulais récupérer ma mémoire. Sacré boulot, croyez-moi ! Jusque-là, j'ignorais comme il est difficile d'avancer avec un déambulateur quand votre corps ne répond pas vraiment. J'avais les jambes en plomb. Un jour, alors que je contemplais les obstacles à franchir, colossaux, un médecin est passé me voir pour bavarder. « Votre rééducation n'est pas un sprint, m'a-t-il dit, c'est un marathon. » J'ai compris que je ne pouvais pas me défiler. Participer à ce marathon était une obligation. Un chemin de survie. Et certainement pas bordé de roses. Mais je devais m'y engager de toutes mes forces.

J'ai finalement été autorisée à rentrer chez moi. Et à affronter un autre défi. Comment annoncer ma maladie aux enfants ? Le glioblastome est une forme ultra-agressive de cancer du cerveau. Le taux de survie est très bas. Bien que les médecins ne m'aient jamais communiqué leur pronostic, j'ai trouvé des statistiques effrayantes sur Google. La durée moyenne de survie après le diagnostic est de quinze mois pour les adultes. Le taux de récidive est pratiquement de 100 %. C'est incurable. Contrairement aux autres cancers, les traitements et leurs résultats n'ont pas évolué en vingt ans. Savoir qu'on est atteinte de cette maladie est terriblement angoissant. Avoir à le dire à sa famille est au moins aussi effrayant. Mais nous y sommes parvenus. Une fois encore, j'ai été surprise non seulement par ma propre résilience, mais aussi par celle de mes enfants. Nous arrivons toujours à plaisanter, à rire, à nous comporter normalement malgré ce nouveau nuage sombre qui plane au-dessus de nos têtes.

Le monde de Sophie

Née en 1969 à Londres, Sophie Kinsella a écrit son premier roman, *The Tennis Party*, à l'âge de vingt-quatre ans, sous son vrai nom : Madeleine Wickham. Le livre est devenu un best-seller, et six autres livres ont paru sous le nom de Madeleine Wickham avant que l'autrice ne se décide à publier des romans plus légers et ne devienne Sophie Kinsella (son deuxième prénom associé au nom de jeune fille de sa mère). Au total, elle a vendu plus de 45 millions de livres à travers 60 pays, et a obtenu la reconnaissance grâce à la série *L'Accro du shopping* qui a inspiré le film *Confession d'une accro du shopping*, avec l'actrice Isla Fisher.

En avril 2024, Sophie a révélé à ses fans être atteinte d'une forme rare et agressive de cancer du cerveau.

« À mes chers lecteurs et lectrices, a-t-elle écrit. Je suis extrêmement reconnaissante envers ma famille et mes amis, qui ont été d'une aide incroyable. Sans compter les merveilleux médecins et les infirmières qui se sont occupés de moi. Je remercie aussi de tout cœur mes lecteurs et lectrices, vous avez été un soutien précieux. À tous ceux qui souffrent d'un cancer, j'envoie beaucoup d'amour et toute ma compassion, ainsi qu'à leurs proches. On se sent parfois très seul et effrayé face à un tel diagnostic, et il n'y a pas de mots pour exprimer le réconfort que procure la présence de notre famille et de nos amis à nos côtés. »

Quand j'ai commencé la chimiothérapie et la radiothérapie, il m'a fallu puiser largement dans mon stock de courage. La radiothérapie exige que le patient soit complètement immobilisé. À chaque séance, j'étais donc comme épinglée sous la machine, avec, plaqué sur le visage, un masque en plastique bleu fait sur mesure. Une sensation surréaliste ! La chimio était plus facile à supporter : des médicaments à prendre à heure fixe. Mais ils me fatiguaient et me donnaient des nausées. Néanmoins, je me suis battue, résolue à mettre toutes les chances de mon côté. Heureusement, la chimio n'a pas fait tomber mes cheveux. La radiothérapie, en revanche, m'a laissé deux zones dégarnies. Et je ne parle pas de la partie de mon crâne rasée avant l'opération ! Mais j'ai toute une collection de turbans et de foulards à ma disposition et j'ai appris à camoufler ce carnage autant que possible. D'ailleurs, aujourd'hui, presque tout a repoussé.

Vingt mois se sont écoulés entre le diagnostic et le moment où j'écris cet article. Un véritable succès dans le monde du glioblastome. D'après mon dernier scanner, la situation est « stable », le cancer n'a pas progressé. La vie est belle.

On me demande souvent comme nous arrivons, Henry et moi, à rester positifs avec cette épée de Damoclès toujours présente. La réponse ? Nous nous concentrons sur le moment présent. Nous profitons de ce que nous avons au lieu de nous focaliser sur ce qui nous manque. J'ai appris que je pouvais vivre avec mon cancer, sourire avec mon cancer, et même rire avec mon cancer. Ma famille me semble encore plus précieuse. Nous jouons à des jeux de société, au frisbee et au cricket comme nous l'avons toujours fait, et ces instants partagés sont encore plus merveilleux. Chaque soir, nous passons en revue, Henry et moi, tous les bons moments de la journée.

J'ai décidé d'arrêter d'aller sur Google à la recherche de nouveaux traitements. Henry, en revanche, passe pratiquement chacune de ses matinées à lire tout ce qui a trait au glioblastome. Ce qu'il me raconte est parfois encourageant. C'est important pour le moral d'entendre l'histoire d'un patient atteint d'un glioblastome qui se porte bien. J'espère que mon histoire personnelle pourra apporter de l'espoir à quelqu'un d'autre.

Le soutien et l'amour de notre famille ainsi que ceux de nos amis nous a énormément aidés, tous les deux. L'humour a aussi été d'un grand secours. À cette occasion, j'ai réalisé que je pouvais toujours voir le côté comique des choses. Par exemple, la première fois que j'ai été admise à l'hôpital, je trouvais très drôle le fait que je n'arrête pas de me casser la figure. J'ai également été bouleversée par les réactions de mes lectrices et lecteurs. Bien que mon premier réflexe ait été de cacher ma maladie afin de préserver mes enfants des rumeurs, garder le secret s'est révélé trop stressant. Annoncer la nouvelle sur les réseaux sociaux a été un grand soulagement. Certaines réponses vraiment adorables m'ont émue aux larmes. Tant de gens m'ont envoyé des témoignages d'affection et raconté leur propre histoire. Ça m'a donné des ailes.

J'ai toujours appréhendé ma vie par le prisme de l'écriture – qu'il s'agisse de shopping, d'amour ou du fait d'avoir des bébés. Il n'y a pas de raison de faire une exception. J'ai décidé de raconter ce qui m'était arrivé et j'ai écrit un court roman intitulé *Comment tu te sens ?*. C'est de la fiction, mais c'est aussi la réalité. Je parle des périodes avant et après ma maladie. Il y a des passages amusants, drôles (je n'ai pas pu m'empêcher de décrire certaines situations hilarantes !), mélangés à d'autres, plus tristes. C'est un livre d'amour, d'optimisme et – oui ! – de résilience en toutes circonstances. J'espère que sa lecture aidera les gens qui doivent affronter des épreuves semblables.

Comment je me sens, ces jours-ci ? Eh bien, ma mémoire est toujours fluctuante. J'ai besoin de plus de sommeil qu'auparavant. Je me fatigue vite et, bien sûr, il y a des jours où ça ne va pas. Je peux aussi bien éclater de rire que sangloter ou piquer une colère, et la question « Pourquoi c'est tombé sur moi ? » (ou plutôt : « Pourquoi ce n'est pas tombé sur quelqu'un d'autre ? ») revient me tarauder à certains moments. Encore maintenant, il m'arrive de vivre un instant de glorieuse ignorance au réveil, avant que ma mémoire ne me rappelle que je souffre d'un cancer incurable.

Je n'ai jamais couru de marathon. Les entraînements sportifs, ce n'est pas mon truc. Je ne me suis jamais considérée comme un être particulièrement costaud, ni résistant. Pourtant, dans ce marathon titanesque – le plus grand challenge de mon existence –, je continue à avancer. Je suis toujours dans la course.

Cet article a paru pour la première fois dans *Good Housekeeping UK* en novembre 2024.

DU MÊME AUTEUR

Sophie Kinsella :

Confessions d'une accro du shopping, Belfond, 2002 ; rééd., 2004 ; Pocket, 2004
Becky à Manhattan, Belfond, 2003 ; Pocket, 2005
L'accro du shopping dit oui, Belfond, 2004 ; Pocket, 2006
Les Petits Secrets d'Emma, Belfond, 2005 ; Pocket, 2008
L'accro du shopping a une sœur, Belfond, 2006 ; Pocket, 2007
Samantha, bonne à rien faire, Belfond, 2007 ; Pocket, 2010
L'accro du shopping attend un bébé, Belfond, 2008 ; Pocket, 2009
Confessions d'une accro du shopping suivi de *Becky à Manhattan*, Belfond, 2009
Lexi Smart a la mémoire qui flanche, Belfond, 2009 ; Pocket, 2011
Très chère Sadie, Belfond, 2010 ; Pocket, 2013
Mini-Accro du shopping, Belfond, 2011 ; Pocket, 2012
Poppy Wyatt est un sacré numéro, Belfond, 2013 ; Pocket, 2014
Nuit de noces à Ikonos, Belfond, 2014 ; Pocket, 2015
L'Accro du shopping à Hollywood, Belfond, 2015
L'Accro du shopping à la rescousse, Belfond, 2016
Audrey retrouvée, Pocket jeunesse, 2016
Ma vie (pas si) parfaite, Belfond, 2017 ; Pocket, 2018
Surprends-moi !, Belfond, 2019 ; Pocket, 2020
L'accro du shopping fête Noël, Belfond, 2020 ; Pocket, 2021
À charge de revanche !, Belfond, 2020 ; Pocket, 2021
La Vie rêvée d'Ava, Belfond, 2022 ; Pocket, 2023
La (Pire) Fête de l'année, Belfond, 2023 ; Pocket, 2024
Le Burn-Out, Belfond, 2024 ; Pocket, 2025

Madeleine Wickham *alias* Sophie Kinsella :

Un week-end entre amis, Belfond, 1995 ; rééd., 2007 ; Pocket, 2009
Une maison de rêve, Belfond, 1999 ; rééd., 2007 ; Pocket, 2010
La Madone des enterrements, Belfond, 2000 ; rééd., 2008 ; Pocket, 2010
Drôle de mariage, Belfond, 2001 ; rééd., 2008 ; Pocket, 2011
Des vacances inoubliables, Belfond, 2002 ; rééd., 2009
Cocktail Club, Belfond, 2012 ; Pocket, 2013
Un dimanche au bord de la piscine, Belfond, 2013 ; Pocket, 2015
Maman est une fée, vol. 1 : *Une baguette très magique*, Pocket Jeunesse, 2019
Maman est une fée, vol. 2 : *Un anniversaire féerique*, Pocket Jeunesse, 2019
Maman est une fée, vol. 3 : *Une licorne de rêve*, Pocket Jeunesse, 2020
Maman est une fée, vol. 4 : *Une sirène enchantée*, Pocket Jeunesse, 2020

Composition et mise en pages
Facompo à Rouen

Pour plus d'information :

#lisez ! engagé

www.lisez.com

Imprimé sur du papier issu de forêts gérées durablement.

Achevé d'imprimer par
Normandie Roto Impression s.a.s.
61250 Lonrai (Orne)
N° d'éditeur : B40469/01 - N° d'impression : 2502131

Imprimé en France